角川春樹事務所

目次

# 第一話　飛燕(ひえん)の簪(かんざし)

橋の上で足を緩めて、咲はしばし御城を眺めた。

日本橋の袂に近い万町へは少し回り道になるが、一石橋の方が御城に近く、人通りもやや少ない。秋晴れの空はどこまでも青く、咲は背を正して大きく息を吸い込んだ。

橋を渡りきると、川沿いを東へ歩き、万町の小間物屋・桝田屋の暖簾をくぐる。

「待ってましたよ、お咲さん」

客の相手をしていた主の美弥が、手を叩いて咲を迎えた。

「こちらのお客さまは、前に置いて行った七草の煙草入れを買ってくださった方のご友人で、あれがすごく良かったから、同じ職人さんの物をって、わざわざ出向いていらしたのよ。他のやつは売れちゃってもうないし、でもそろそろお咲さんが来るからと話していたところなの。さ、早く品物をお出しして」

「そうでしたか。それはお待たせいたしました」

客は四十路前後の、血色のいい中年男だった。男に小さくお辞儀をして、咲は上がりかまちで持って来た風呂敷包みを開いた。

男物と女物の煙草入れが一つずつと、女物の財布が二つ。それぞれを包んだ紙から取り出すと、男が「どれどれ」と手元を覗き込む。

「松ぼっくりか。こりゃ細かい」

男物の煙草入れに入った刺繍を見て、男が感嘆の声を上げた。地色は白橡と地味だが、幾重にも違う色を重ねた松の葉と大小三つの松ぼっくりには、深い味わいがある。

「こちらはなんの木かな？」

枯茶色の女物の煙草入れには、枝先の数枚の葉だけがあしらわれている。

「金木犀でございます」

咲が中を開いて見せると、男が目を丸くした。

「こりゃあ……いい！」

中には満開の金木犀が、彩り鮮やかに縫い取られている。ところどころに使った金箔が、こぼれ落ちそうな花の輝きをうまく表していると咲は自負していた。

「匂い立つようだ……こいつは七草以上だね。来てみてよかった。早速包んどくれ。あそうだ。せっかくだから、松ぼっくりももらおうか」

金木犀が二分、松ぼっくりが一分だと言うと、男は驚くことなく上機嫌で頷いたばかりか、慣れた手つきで一朱を懐紙に包み、心付けとして咲に手渡した。

「ありがとう存じます」

「あんた、男物の財布も作るかね？」

「もちろんです」

「じゃあ今度、一つ頼もうか。近々また寄せてもらうよ」

「どうぞご贔屓に」

美弥と二人で表に出て、男を見送った。

中に戻ると手代の志郎に店先を任せ、美弥は咲を奥の座敷へいざなった。

「やったわね、お咲ちゃん」

二人きりだと、美弥は少しくだけて咲を「ちゃん」付けする。

「あの方は永明堂っていう薬種問屋のご隠居よ。ご隠居にしては若いでしょ？　浅草の方に女を一人囲っているの。金木犀の煙草入れは、きっとその人への贈り物よ。七草の煙草入れを買った方もやっぱり女を囲っていて、女にねだられたと、あげる前に永明堂のご隠居にひけらかしてのろけたみたい」

「そうなんですか。随分景気がいいんですね」

心付けをくれる客はたまにいるが、一朱もらったのは初めてだった。

咲は縫箔師だ。

刺繍――縫い――と金銀の箔を糊で貼る摺箔を併せて裂地に模様を施すのが「縫箔」なのだが、咲は女手一つでやっているために、仕事は小物の刺繍が主である。もとより豪華絢爛な縫箔の着物がもてはやされたのは一昔も二昔も前のことで、今でもそのような贅を尽くした着物を着ているのは役者ばかり。五年前に質素倹約をかかげる松平定信が老中となってからは、小物でさえ華美なものは身に着けにくくなった。

それでも、いつの時代にも粋人はいる。

金銀の摺箔が減った分、意匠や縫い手の腕が評価されるようになり、地味でも手の込んだ物を好む粋人たちに、咲のような職人は救われていた。

「お咲ちゃんの腕がいいからよ」

「お美弥さんが商売上手だから」

互いに褒め合い、笑みを交わす。

美弥は三十路で二十六歳の咲より年上だ。六年前に夫を亡くし、それからは主として店を切り盛りしてきた。間口二間の桝田屋は、櫛や簪、笄の他、財布や煙草入れ、根付、巾着、化粧品と、女心をくすぐる品物が揃っている。ただし置いてあるのはどれも美弥の御眼鏡に適った物で、庶民にはなかなか手が出ない一流品が多い。商品は圧倒的に女物が多いが、買っていくのは男女半々くらいだ。

「これ、前の品物の分と今日の分。また煙草入れをいくつかお願い。あと櫛入れを一つ頼まれてくれないかしら？　模様は白萩で、寸法はこれ」

手数料を引いた品代と、寸法を書いた紙を美弥が差し出す。

「喜んで作らせてもらいます」

白萩とは言われたが、紙には寸法しか書かれていない。つまり白萩でさえあれば、意匠や生地は自分に任せてもらえるということだ。花や草木は咲の得意とするところで、早くもいろんな意匠が頭に浮かび、咲の胸は弾んだ。そんな咲を見て美弥が微笑む。

「お願いね」

店先に戻ると、志郎がどこぞの女将と思しき女の相手をしていた。店の奉公人は志郎一人で、住み込みではなく通いである。一人なのだから美弥は「番頭」として雇うつもりだったが、己はあくまで一奉公人だからと志郎が言い張った。良くいえば真面目で落ち着いた、悪くいえば陰気で無愛想な志郎だが、その佇まいは寡婦となっても華やかな美弥を一層引き立てている。商品の材質や技には美弥以上にうるさく、淡々と良さを説くところが、逆に客を安心させるらしい。

出て行く咲をちらりと見やると、志郎はにこりともせずにただ小さく頭を下げた。

志郎は咲と美弥の間の年頃で、美弥と志郎に男女の仲を疑う噂はちらほらあるのだが、志郎は否定し、美弥は一笑に付すだけだ。

意外にお似合いなのに――と咲は思うが、余計なことを言えば、「お咲ちゃんこそ早く身を固めなさいよ」と諭されるのが落ちである。

表まで出て来て手を振った美弥に、お辞儀を返して咲は歩き出した。

――さて。予想外の実入りもあったことだし……。

室町界隈を少し歩いて、流行の物でも眺めようかと、咲は今度は日本橋を北へ渡った。木屋や越後屋の賑わいを横目に、瀬戸物町や本革屋町を見てまわる。

物は違えど「おっ」と目を見張る意匠や技のある商品がいくつもあって、少しだけのつもりが、いつの間にやら一刻も二刻も経っていたりする。だが、無駄な時を過ごしたとは、咲は露ほども思わない。

良い物を見て、目を肥やすのも職人の仕事のうちだ。縫箔でなくとも、思わず手に取りたくなる物には学ぶことが多い。また名細工を目の当たりにすると、同じ江戸の職人としてなんとも誇らしい気持ちが湧いてきて、仕事も意欲的に取り組めるようになる。

ぷらりぷらりと歩き続け、十軒店の近くでふと小間物屋を覗くと、待ってましたとばかりに手代が一人寄ってきた。

「いらっしゃいませ。今日は何をお見せしましょう？」

「そうだね。櫛を見せておくんなさい。黄楊の、三寸ほどの丸いのがあれば嬉しいね」

「はい。少々お待ちを」

頼まれた櫛入れの櫛は、黄楊でも年代物だと聞いた。とすると、櫛には既に油が染みこみ、鼈甲色になっていると思われる。白萩と鼈甲色に合わせる地色には何がいいだろうかと、出されたいくつかの櫛を手に取って考え込んでいると、ひやかしではないと踏んだのか、手代が違う引き出しを持って来た。

「こちらは塗になりますが……」

「ああ、そう」

ぱっと見て特に惹かれる物がなく、ついそっけない言い方になってしまった。大人げなかったかと顔を上げた時、手代の後ろの引き出しが目に入って咲は腰を浮かせた。

咲の視線に気付いた手代が、すかさず後ろから引き出しを差し出す。

「簪も極上の物を取りそろえております」

大げさな言葉だったが、一本だけ「極上」と呼ぶのにふさわしい簪があった。

銀の平打に飛燕の意匠。それだけならさほど珍しくないが、燕の後ろに彫られているのは、梅でも桜でもなかった。

木蓮……


銀でありながら、ふっくらとした花びらの柔らかさが感ぜられる。

燕の彫りも細かく、風を切って飛ぶ喜びが伝わってくるようだった。

「流石、お客さま。お目が高い」

手代が差し出した簪を手に取り、咲は再びじっくり細工を見つめた。

「それは近頃評判の、修次の作でございますよ」

「修次？」

「はい。まだ若い職人なんですけれどね、腕はほらこの通り、確かなものでございます。煙管やら、簪やら、笄やらが人気で……平打だけどいいでしょう？」

「そうだね」

頷きながら、咲は既に買う気になっていた。

居職ゆえにあまり着飾ることのない咲だが、品物を納めにこうして日本橋まで来る時はそれなりに身なりを整える。銀の平打ならいうほどの贅沢品ではないし、長屋で使っていてもおかしくない。それに今なら、心付けにもらった一朱もある。

「おいくらなの？」

気軽にたずねた咲に、手代はにこやかに応えた。

「一分でございます」

「一分」

声を抑えるので精一杯だった。

吹っかけられてもせいぜい二朱だと思っていた。一分といえば二階建て長屋を借りている咲の家賃と同じだ。咲としては、簪一本にぽんと出せる額ではなかった。

「ちょいといい値段だね」

「修次ですからねぇ」

まける気はまったくないようだ。

悪びれずに応えた手代には負けじと笑顔を返したが、結句咲は手ぶらで家路に就いた。


「おかえんなさい」

木戸をくぐると、井戸端にいたしまと路が同時に振り向いて言った。

「おしまさん、お路さん、ただいま」

二人とも同じ長屋の住人で、しまは三十五歳だが、路は二十一歳とまだ若い。

「売れたかい？」

「何か買った？」

二人が口々に問うのに苦笑して、咲は応えた。

「売れたけど、何も買わずに帰って来た」

「なんだぁ、つまんないの」

若い路は呆れた声を出したが、「それが一番」と堅実なしまは頷いた。

二階建てが六軒、平屋が四軒、向かい合わせで連なるこの「藤次郎長屋」は、咲を含め、職人ばかりが住んでいる。しまの夫は左官で路の夫は料理人だ。料理人がもう一人、それに紺屋と石工、大工、瓦師、足袋職人がいて、大家の藤次郎は算盤師だ。藤次郎と素人をかけて、「玄人ばかりのとうしろ長屋」と近所の者は親しみを込めて茶化すことがある。

「あんた、身体はいいの？」

「うん、今日はすごくいい」

二人目の子供を身ごもった路は、ここしばらく悪阻に悩まされていた。

「勘吉は？　寝てるの？」

「うん」

「ほんと、よく眠る子だね」

「だからきっと、三吉さんより大きくなるわ」

細くて小さい路とは対照的に、夫の三吉は六尺近い大男だ。寡黙でのっそりとした印象だが、包丁さばきは鮮やかで神田明神近くの料亭に勤めている。息子の勘吉はまだ三歳の幼子だ。

「莫迦をお言いよ。三吉さんみたいなのが二人になったら、二階が抜けちまう」

しまがからかうのにつられて咲も笑った。

「二人いっぺんに上がらなきゃいいのよ。ああでも、三人になったらどうしよう――」

お腹を撫でながら言う路は大真面目だ。

三吉が三人並んだところを想像して、咲は噴き出した。

「その子が大きくなる頃には、三吉さんはとっくに店を持ってるよ」

「だといいんだけど」

「三吉さんの腕なら大丈夫」

「お咲さんにそう言ってもらえると心強いわ」

「それにその子は、女の子かもしれないじゃないの」

「そうよね。お咲さんに言われたら、なんだかそんな気もしてくるわ」

頷く路に、しまが苦笑を漏らした。

「何言ってるんだい、あんたは」

「だって本当にそういう気がするんだもの」

「お咲さんも、お路さんのことばかりじゃなくて、あんたの方はどうなんだい？」

「どうって、商売繁盛で結構に暮らしておりますよ」

「そうじゃなくて……ああもう、もったいないねぇ」

「何ももったいないことはありません」

「もったいないじゃないのさ、あんたみたいなのが——」

「あら、おしまさん、袖がほつれてる」

みなまで言わせず、咲はしまの袖を取った。

「またそうやって誤魔化す」

「でもほら、ほんとにほつれてる」

「あら嫌だ」

「着替えたら持って来て」と、咲はにっこり笑った。「私がささっと縫っちまうから」

「いつも悪いね。本当にまあ、もったいないこと……」

ぶつぶつ言い始めたしまの横で、路が肩をすくめてみせる。

「じゃあ、また後で」

手を振って二人から離れると、咲は自分の家へ引き取った。

咲の家は北の端っこだ。独り身の咲は寝食を一階で済ませ、二階をまるまる仕事部屋にあてていた。一人暮らしには贅沢な広さで、九尺二間の倍の家賃は痛いが、縫箔は咲が好きでしている仕事である。仕事部屋があるからこそ、伸び伸びと針が動かせ、より良い物が作れると咲は思っていた。

それに咲には弟妹が一人ずついる。

弟の太一は二十二歳で塗物師のもとで、妹の雪は十九歳で浅草の旅籠で、それぞれ住み込みで働いている。両親はとうに亡くなっているから、咲の住むこの家が、二人が藪入りに帰る「実家」だった。

咲の父親の元一は蒔絵師で、やはり二階建てを借り、二階を仕事場にしていた。蒔絵は塵が一つでも交じれば台無しになるため、二階には常に紙帳が吊るされていて、咲や太一はけして紙帳の中に入ることは許されなかった。

咲が七歳の時に父親は疫病にかかって亡くなり、母子は平長屋の九尺二間に引っ越さざるを得なくなった。妹の雪が生まれたのは、父親が亡くなって七箇月後の睦月で、その朝降った雪が、その冬最後の雪となった。

母親の晴は縫い物が得意で、着物の仕立てを内職にして三年を凌いだ。やがて十歳になった咲は縫箔師・弥四郎のもとへ奉公に出された。女中として仕込まれるうちに、母親譲りの縫い物の腕が弥四郎の目に留まり、面白半分に簡単な刺繍を教えてもらった。刺繍を始めて二年目には女中仕事の傍ら見習いとして仕事場への出入りを許され、三年目には弥四郎にとって初めての女弟子となった。

弟子になった翌年――咲が十四歳の時に、母親が風邪をこじらせあっけなく逝った。既に十歳になっていた太一は塗物師のもとへ弟子入りし、まだ七歳だった雪は弥四郎の厚意で咲が引き取り、雪がやはり十歳で旅籠へ奉公に出るまで、自分の部屋で寝起きさせた。

弟子になって八年間、咲は弥四郎のもとで腕を磨いた。

男弟子に交じって朝から晩まで針を動かし、師匠の技を学びとった。弥四郎は能楽者の装束をそっくり任されるほどの腕前で、客も金を惜しまない。衣紋掛けにかけられた金銀の摺箔入りの完成品を見るたびに、咲は感嘆の溜息を漏らしたものだ。

いつか私も、ああいう大仕事をしてみたい――

女には無理だと笑われるのが落ちだから口にはしないが、いつか役者の着物を手がけることが咲の縫箔師としての夢である。

弥四郎夫婦には子供がおらず、一番弟子の啓吾を養子としていた。職人気質の弥四郎は他の弟子と分け隔てなく咲に接してくれたが、咲が年頃になるにつれて、男弟子と一緒に仕事をするのは難しくなっていった。

十八歳の時、兄弟子の一人に言い寄られた。拒んだ咲に悪態をついたところを啓吾に見咎められ、喧嘩となった兄弟子は出て行ったものの、このままではよくないと、弥四郎から啓吾との縁談を切り出された。

啓吾を尊敬し、密かに恋心を抱いていた咲が喜んだのはほんの束の間だ。夫婦で切磋琢磨していけるという咲の想いとは裏腹に、啓吾は咲に「妻」であることを望んだ。

――片手間にできるのなら縫箔を続けてもいい。だが、義母さんのように家のこと、弟子たちの世話をまず考えてくれ――

話を聞いた弥四郎は眉をひそめたが、啓吾と咲なら、弥四郎は跡継ぎの啓吾を選ばざるを得ない。

啓吾も咲を好いていたことは確かだ。だが愛情と同時に、啓吾が咲の才能へ少なからず嫉妬を覚えていたことを咲も弥四郎も察していた。比べれば啓吾の方が咲より腕が立つことは明らかで、咲もそこまで自惚れてはいなかった。しかし、このまま修業を続ければ、そのうち腕を並べることができるという自信はあった。

縫箔を続けたいと言った咲を弥四郎は許してくれたが、啓吾との縁談は立ち消えた。

流石に弥四郎宅には居づらくなって、九尺二間の長屋を借りた。通いで更に三年を弥四郎のもとで過ごし、啓吾が妻帯するのと前後して咲は独り立ちした。

最初の一年は、繕いから仕立てまで、縫い物ならなんでも片っ端から請け負ってがむしゃらに働いた。縫箔に関しては小物に的をしぼり、意匠を凝らした財布や巾着を作るうちに、それらに目を留めた美弥から仕事をもらえるようになった。

今の長屋に引っ越したのは三年前だ。請人が弥四郎なのと、店子が職人ばかりなのとが幸いして、住人に温かく迎えられた咲は胸を撫で下ろした。

ここが私の「家」……

二階建ての長屋暮らしは、しばしばかつて家族で過ごした日々を咲に思い出させる。両親が既にいないのは悲しいが、弟妹たちは大きくなった。二人が同じ江戸で達者に暮らし、修業や奉公に励んでいると思うだけで咲には力が湧いてくる。

咲が越して来た初めのうちこそ、月に二つも三つも縁談を持ってきたしまだったが、半年もすると諦めたようだ。それでもたまに「もったいない」と繰り言を言う。

――何も、もったいないこたないさ。

啓吾への未練はなかった。

一人暮らしを始めてから、まったく浮いた話がなかった訳でもない。

ただその都度、誰かの妻になるよりも、縫箔師でいることを咲は選んできただけだ。

よそ行きからは着替えたものの、陽はまだ高く、このまま家にこもるのは惜しい気がして、咲は小銭を入れた財布だけを持って再び表へ出た。

表通りを北へ折れて、神田川の方へ足を向ける。

川の南にある柳原まで出ると、今度は川を左手に和泉橋の方へとゆっくり歩く。

意匠に悩む時や、根を詰めすぎて目や手が疲れた時、気晴らしを兼ねて咲は神田川沿いをよく散歩する。

柳の向こうに川の流れを感じながらゆく道は心地よく、咲は美弥に頼まれた櫛入れや煙草入れのことなどを考えながら、秋の昼下がりを楽しんだ。

世間的には、自分が変わり者の行き遅れだと咲は承知している。

……でもまあ、いいじゃないの。

全てを投げ出しても添い遂げたいと思うような人には出会わなかったけど、今の世の中、女が好きなことだけして身を立てられるのは、それだけで贅沢ってもんだもの――

時折、独り身を寂しく思うものの、長屋の暮らしは賑やかだ。それに自分は弟妹の親代わりなのだから、いずれできるであろう義妹や義弟、甥、姪を慈しむことができればそれでいいと咲は思っていた。

和泉橋へ続く道を越え、更に少し東へ進んだところで柳の中の小道に足を踏み入れた。

少しだけ奥まった木々の合間に、小さな稲荷神社がある。

今の長屋に住み始めてから何度も大川まで歩いているのに、ここに稲荷があることに咲はつい一月前まで気付かなかった。柳に隠れている上に、女の咲が少しかがまねばならないほど鳥居が小さい。社の両脇に並んだ神狐は真新しいが、鳥居は古く、朱塗りがほとんどはげているのも稲荷が目立たぬ一因だ。当然、いつ行ってもひっそりとしたもので、これまで自分以外の者が参拝しているのを咲は見かけたことがない。しかし怖いというよりも温かい静けさが気に入って、咲は今では散歩の度にこの稲荷に寄るようになっていた。

鳥居同様、社も小さく質素で、鈴さえ見当たらない。

賽銭箱に一文銭を入れ、柏手を打ってお参りをする。

――みんなが達者で暮らせますように。

いつもと同じことを願って踵を返すと、ふと、神狐が揺らいだ気がした。

石でできている筈の背中が、本物の毛皮のように柔らかく見える。

目を瞬いて思わず一歩踏み出したが、再び見やったそれはやはり真っ白な石以外の何物でもなかった。

……疲れてるんだわ。

そっと神狐の背中を撫でて、咲は苦笑した。

毎日せっせと品物を作っては、月に二、三度日本橋に行くという日々が二年ほど続いている。暮らし向きに不満はないが、代わり映えしない日々を退屈に思う時はある。

「何か、面白いことでもないかねぇ……」

つぶやいてから、はっとして口に手をやった。

嫌だね、もう。

独り言なんて、年寄りじゃあるまいし――

誰が見ている訳でもないのに、咲はそそくさと稲荷を後にした。

長屋へ戻ると、咲の足音を聞きつけたのか、隣家の福久(ふく)が戸口から顔を出した。

「お咲ちゃん、おかえり」

「ただいま、お福久さん」

「みょうがをもらったから、これ、おすそ分け」

「あら、ありがとうございます」

今年五十三歳の福久はその名の通り、丸い顔と身体つきが福々しい。夫の保(たもつ)はじきに還暦だがまだまだ達者で、次男の婿入り先でもある三町先の紺屋で働いている。

みょうがを渡した福久が何か言いたげなのを見てとって、咲は土間に招き入れた。

「何かあったんですか?」

「そのぅ……今日、息子から少し小遣いをもらったのよ」

「相変わらずの孝行息子さんね」

おっとりと、いつも幸せそうな笑顔を湛えている福久からは想像し難いが、福久たちの長男夫婦はもう随分前に事故と病で相次いで亡くなったと聞いている。既に婿に出ていた次男は福久を気遣って、時に小遣いを渡したり、湯治に行かせたりしていた。

「それでね、今度、越後屋さんに連れてってもらえないかしら?」

「まあ、着物をあつらえるほどもらったの? 羨ましいことで」

咲が微笑むと、福久も照れた笑いを浮かべた。

「そんな大したもんじゃないのよ」

「越後屋ならいつでも、喜んでご一緒させてもらいます。冷やかしでは入りづらいから楽しみだわ」

「よかった」と、福久はほっとした顔で頷いた。「一人だと、どうしても気後れしちゃうんだもの。それにお咲ちゃんの見立てなら間違いないわ。急がないから、次に品物を納めに行く時にでも声かけてちょうだい」

「ええ」

越後屋と聞いて物欲が刺激されたのか、喜んで帰る福久を見送り引き戸を閉めると、咲はちらりと飛燕の簪を思い出した。

すっぱりと諦めたつもりで散歩の間も忘れていたが、今になって、あれくらい買ってもよかったのではないかと、後悔の念が湧いてくる。

高値でも、「流行（はやり）」や「評判」だというだけで、手に入れたいと思う者がいる筈だ。見る目がある者ならともかく、金に飽かせて流行物を買いあさるような輩（やから）の手には渡って欲しくなかった。

お金がない訳じゃないんだけど……

二階の針箱の奥には少しまとまった金が隠してある。身寄りのない己が独り立ちしてからこつこつ貯（た）めてきたものだ。

簪に一分……

溜息を一つ漏らして、咲は夕餉（ゆうげ）を支度するべくたすきをかけた。

◎

翌日。

表から福久を呼んだ咲に、戸口から顔を覗かせた路が声をかけた。

「お福久さんなら、妹さんとこに遊びに行ったわよ」

「なんだ。朝から二階にいたから、お福久さんが出てったの、ちっとも気付かなかったわ。一緒に日本橋に行かないかと思ったんだけど」

夢にこそ見なかったものの、昨夜からあの簪が頭にちらついて、針を動かしていても気もそぞろだった。

買うかやめるか、どちらに思い切るにも、もう一度店へ行ってみようと思ったのだが、福久にお願いされた手前、一人で行くのは気が引けた。しかし一緒に行けば、簪のことが長屋中に筒抜けになる。福久の外出に気付かなかったのは本当だが、出かけたと聞いて咲は内心ほっとした。

「また日本橋？　昨日行ったばかりじゃない」

「ちょいと忘れ物しちゃってね……」

流石に一分もする簪を買いに行くとは言いにくい。

「なぁんだ。でもいいなぁ、私も出かけたい」

「何言ってんの。あんたは今が大事な時でしょうが」

「そうなんだけど、勘吉が寝てる間は一人でつまんないんだもの」

子供のように路は頬を膨らませた。

「愚痴ってる暇があるなら、今のうちに家のことを済ませちまいなよ。勘吉が起きたら、一緒に散歩に行けばいいじゃないの」

「ご近所の散歩と日本橋じゃあ、比べものにならないわ」

「そりゃそうさ。日本橋はあんたみたいな子供が行く場所じゃあないもの」

「ひどぉい」

路はますます頬を膨らませたが、咲が笑い出すと、つられて噴き出した。

「この子が手習いに行くくらい大きくなったら、私も日本橋に連れて行ってくれる？」

「もちろんさ」

咲にしてみれば気の長い話だが、子育てをする路にはあっという間なのかもしれない。

「約束よ」

路が笑って手を振るのに応えて、咲は一旦家に戻ってよそ行きに着替えた。

昨日の今日だから、似たような恰好は避けたかった。

伽羅色の無地の木綿に、小豆色の大柄の更紗模様の帯を合わせてみた。千日紅が刺繍された財布は咲の手製の物で、可愛らしくも落ち着いた色合いが気に入っている。

じきに、昼の九ツの鐘が聞こえてこようかという刻限だった。

朝餉(あさげ)を食べたきりだから少し空腹を覚え始めていたが、一旦外に出ると、気が急(せ)いてきて、咲はまっすぐ昨日の小間物屋に向かった。

努めて平静に暖簾をくぐると、昨日の手代がすぐに気付いて頭を下げた。

「昨日の簪を、もう一度見せてくださいな」

咲が言うと、手代は一瞬戸惑った顔をした。

「修次って職人のやつだけど、もう売れちまったかしら?」

「あ、いえ、まだございますが……」

出された引き出しから簪を手に取り、今一度しげしげと細工を眺めた。

一寸ほどの丸い小さな世界は、春の暖かさに満ちている。

それでもやはり一分は高いと思ったが、意匠にしても細工にしても、ここまで気に入る物は滅多(めった)にない。これから冬を迎えるし、実際に身に着けるのは半年ほど先になるだろうが、持っているだけで顔がほころぶ一品だ。

「お気に召されたようなら、おまけしますよ。——二朱でどうでしょう?」

「二朱?」

昨日の値の半額である。昨日はあれほど強気だったのに、そこまで値下げする裏が気になったが、咲にしてみれば妥当な値だった。

いただきます、と言おうとした矢先、いつの間にか近寄って来た男が、すっと咲の手から簪を奪った。

「こいつは俺がもらってくよ」

「何するんだい。それは私が今、買おうとしてたもんだよ」

きっと睨みつけた男は、咲よりいくつか若く見えた。

五尺二寸の咲より拳二つ分ほど背が高い。目鼻立ちがはっきりとしていて、日焼けしていない色白の優男だが、金持ちのぼんぼんではないらしい。簪を持った手は明らかに職人のものだった。赤墨一色の着物は地味だが、仕立てが上等なのは咲には一目瞭然だ。

「そいつぁすまねぇが、こればかしは譲れねぇなぁ。それに、こいつに二朱たぁぼったくりもいいとこだぜ」

「そんなの私の勝手じゃないか。返しとくれよ」

「ぼったくりとはなんですか」

口々に抗議する咲と手代に、男はにやりとした。

「こいつはとんだ出来損ないさ」

「出来損ない？」

「何を言う。それは近頃評判の修次の作で――」

「その修次が言うんだから間違えねぇよ」

「えっ？」

絶句した手代の前で、修次はくるりと簪を回して見せた。

「こいつを持って来たのは、喜兵衛って爺だろう。あいつは小金欲しさに俺んとこから、出来損ないのこいつをちょろまかして行ったのさ」

「しかし、銘が――」

「俺の手じゃねぇよ。見るもんが見りゃあ判るさ」

なるほど、と咲は内心合点した。

おそらく見る目のある者が、贋作を疑ったのだろう。自信を失った手代は薦めるのを控えていたが、客が所望するならと、大きくまける気になったようだ。

でも、これが出来損ないなんて……

職人が己の作品にこだわる気持ちはよく判る。だが細工自体は見事なもので、咲は銘などはなから気にしておらず、欲しいという気持ちに変わりもない。「出来損ない」というのなら、一体何が不満なのか、修次に問い質してみたくなった。

「とにかくこいつは俺が引き取るぜ。喜兵衛にはいくら払ったんだ？」

「それはその、主に相談してみませんと……」

「じゃあ、今すぐ主を呼びな」

手代に言いつけて修次は咲の方を見た。

「そういう訳だから、娘さん、諦めておくんな」

「そういう訳って――」

諦めきれずに咲が口を開いた矢先、ひょいと小さな手が、修次がもてあそんでいた簪を横からかっさらった。

はっとした咲が振り向いた時、小さな影は既に暖簾の向こうにいた。

「何しやがる！」

「お待ち！」

咲と修次は同時に店を飛び出した。

深い藍の着物に縞の帯の子供は、七、八歳くらいだろうか。色白で髪の色も真っ黒ではなく栗色のくせ毛だ。

十間ほど前を走って行く子供の背を見ながら、咲は手早く裾をからげた。同じように尻端折った修次の後ろについて、咲も駆け出す。

「待ちやがれ！」

「誰か！　その子を止めとくれ！」

泥棒、とは叫ばなかった。

窃盗の罪は重い。十両盗めば死罪だし、それに満たずとも敲きの上で入墨だ。子供のことだから無論大目に見てくれようが、盗人としてお上に差し出すよりも、できることなら自分の手で捕え、頬を張るくらいで済ませたかった。それは修次も同様らしく、舌打ちしながらも盗人よばわりはしなかった。

子供はひらりひらりと人の合間を抜けては、時々立ち止まって振り向き、咲たちが追って来るのを確かめる。うなじが覗くおかっぱの前髪は、やや古臭く左右に束ねてある。いたずらに笑う顔は小憎らしいが、どこか育ちの良さが感ぜられた。それゆえか往来の人々は鬼ごっこを見物するがごとく、子供の行く先をはばむどころか、笑みさえ浮かべて咲たちを見送る始末だった。

伊勢町を抜けたところで、ふっと子供の背が二重に見えて、咲は目を瞬いた。

「なんだ、ありゃ」

つぶやく修次の背の向こうに、二人に増えた子供が見える。

幻影ではないらしい。

そっくり同じ恰好をした双子が、くるくるじゃれ合いながら駆けて行く。どちらの子供が簪を持って行ったのか、咲たちにはもう判らなかった。

大伝馬町まで来ると、一人は左へ一人はまっすぐと、別れて走り出した。

「俺は左を追う」

「じゃ、私はまっすぐ行くよ」

子供は左右に折れながらも、咲に合わせて足を緩めているようだ。

大人を莫迦にして――必ずとっ捕まえてやるから！

息を切らせながら更に四町ほど走って行くと、向かいの角からもう一人の子供と、後を追う修次が折れて来るのが見えた。

追い詰めたと思った途端、子供らは揃って道を折れた。

子供らが入り込んだのは小伝馬町にある稲荷神社だった。少し遅れて、咲と修次も鳥居をくぐる。

「あいつら――どこへ行きやがった？」

「ここに入ったのは間違いないよ。どこに隠れているんだか――」

牢屋敷が近いからか、昼下がりでも稲荷はどことなくひっそりしている。

参道を行くと、拝殿の前に座り込んだ一人の男児の姿が見えた。一回り大きな身体と弁慶縞の着物から、逃げて行った子供でないことはすぐに判ったが、二人の行方を知らないだろうかと、咲は男児に歩み寄った。

「あんた、今ここで——」

双子を見なかったかい、と問いかけて、咲は男児が簪を握っていることに気付いた。

「それ……」

さっと簪を隠した男児の腕を咲はつかんだ。

「お出し！　あんたもあいつらとぐるなのかい？」

「知らないよ！　これはもらったんだ！」

「もらったって——そんな嘘、誰が信じるもんか」

「うそじゃないよ！　神さまがくれたんだ。おれ、ここで毎日お願いしてたから……」

「くれたのは、双子の餓鬼だろう？」

修次に凄まれて男児は涙目になったが、それでも簪を渡そうとはしなかった。

「ち、ちがうよ。ここで休んでいたら、『ほら、やるよ』って声がしたんだ。目を開けたけどだれもいなくて、でもこのかんざしが足元に——神さまが、おれのお願いを聞いてくれたんだよ」

「お願いってあんた、神さまに、簪が欲しいってお願いしたのかい？」

「か、かんざしって言ったんじゃないけど、何か、きれいな物——」

懸命に言う男児は、嘘をついているようには見えなかった。

年の頃は十歳に少し足りないくらい。今になってつかんだ腕の細さに気付いて、咲は手を放した。着物もあちこちすり切れていて、男児の家の困窮が窺える。

「何か、綺麗な物が欲しかったのかい？」

声を落として、できるだけ穏やかに咲は問うた。

「うん……今度、姉ちゃんがその……奉公へ行くから……」

「姉さんに餞別をやりたかったんだね？」

「……うん。うちではろくな支度もできないから……奉公先で、貧乏人だってばかにされたら、姉ちゃんがかわいそうだから……」

「だが、そいつはいけねぇよ」と、修次が口を挟んだ。「そいつは盗品なんだ。お前も姉ちゃんもお縄になっちまうぜ。大体、奉公人の分際で着飾ろうってのが――」

言いかけて、修次は口をつぐんだ。

着飾ることも仕事のうちな「奉公」もあることに気付いたのだ。

男児になんと言い聞かせたものか咲が迷った時、後ろから声がした。

「千太？」

風呂敷包みを背にした少女が小走りに駆けて来て、咲たちの前に回り込むと、頭を下げた。

「すみません、弟が何か……?」

「おれは何もしてないよ!」

「……こいつが持ってる簪なんだがね、俺んとこからなくなった物なのさ」

「千太!」

「おれはとってない! 稲荷の神さまがくれたんだよ……」

しどろもどろに千太は咲たちにした話を姉に繰り返した。

身なりは貧しいが、目鼻立ちの整った顔をしている。身体つきからすると、少女は千太より二つ三つ年上なだけだろう。しかし芯の通った顔つきと荒れた両手が少女を年よりずっと大人に見せていて、それが咲の胸を締め付けた。

咲が手短に事情を話すと、少女は千太に向き直った。

「簪を返しなさい。その子らはきっと怖くなって、お前に盗んだ物を押しつけたのよ」

「姉ちゃん……」

「出しなさい」

姉に言われて、千太は渋々簪を握った手を出した。

千太の手から簪を取ると、少女は両手で修次に差し出した。

「本当にごめんなさい。どうか堪忍してください」

深々と頭を下げる少女の隣りで、千太は唇を噛んでいる。修次は頷きながら少女から簪を受け取ると、表と裏を確かめた。

無言の修次が居心地が悪く、咲は少女に声をかけた。

「いいんだよ。盗ったのはあの二人の悪餓鬼なんだから」

「千太は盗みなんかする子じゃないんです」

「うん、姉思いのいい子じゃないか。……あんた、奉公に行くんだってね？」

「はい……浅草の……北の方に……」

――吉原か。

千太もそこがどういう場所なのか承知しているのだろう。そっぽを向いて涙をこらえている様子が痛々しい。

「どうしても行かなきゃならないのかい？」

愚問だと思いつつ、訊かずにいられなかった。

「……おっかさんが病で――薬に随分お金がかかったから……」

「それでおっかさんは、本復したのかい？」

咲を見上げて少女は首を振った。

「二月前に亡くなりました」

その日は全てを既に覚悟していて、咲はなんともやりきれなくなった。

「ねぇ、あんた」

黙ったままの修次に苛立ちながら咲は言った。

「お代は私が払うから、その簪をこの子にあげておくんなさい」

「――そいつぁごめんだね。言ったろう？　こいつは出来損ないなんだ。偽の銘まで入ったもんを、これ以上、人目にさらしてたまるかよ」

なんて薄情で――強情な野郎なんだろう。

男前なのは顔だけかい。とんだ見かけだおしだよ！

腹立ちを抑えて、咲は自分の髪に挿していた簪を抜いた。

黒塗りに銀杏の葉を散らした地味な物だが、少しずつ色の違う葉と、丁寧な塗りが気に入っている一品だ。

「これをあげる。若いあんたには地味過ぎるけど、物は悪くないから持っておゆき」

「そんな……気持ちだけいただいときます」

遠慮する少女の手を取って、咲は簪を持たせようとした。

「いいから。これも何かの縁だもの」

「そんな使い古しじゃ、餞にならねぇだろう」

横から口出しした修次を、咲はきっと睨みつけた。

「けちん坊は黙ってな」

「けちん坊とは言ってくれるじゃねぇか。……おい、奉公先にはいつ行くんだ？」

「……三日後です」

「じゃあ、俺に二日くんな。今ちょいとやりかけの仕事があるんだが、二日もありゃあこいつを直せる」

「でも……お代が……」

予想外の成り行きに躊躇う少女へ、修次が続けた。

「どうせ一度は諦めたもんだ。だからお代はいらねぇよ」

そう言って修次は、手にした簪に目をやった。

「燕が巣をかける家は、吉事が多く病人も出ないって言われてる。それにこいつら、毎年同じ巣に戻って来るだろう？　縁起が良くてかしこい鳥さ。おっかさんは死んじまったようだが、お前にはまだおとっつぁんと千太がいる。だからいつか……帰って来られるといいな」

「……はい」

へぇ、少しはいいこと言うじゃないのさ。

やや見直したものの、すっかり信用した訳ではない。

「俺は修次っていう錺師だ。お前、名はなんてんだ？」

「冴といいます」

「お冴だな。住まいはこの近くか？」

「隣町の晋作長屋です」

「よし判った。二日後の七ツまでには持ってくから、千太を連れてもう行きな。遣いの途中じゃねぇのかい？」

「――はい」

修次に言われて、冴は風呂敷包みを背負い直した。

千太をいざなって歩き出した冴の姿が見えなくなってから、咲は修次に向き直った。

「二日後だね。このままとんずらしたら、私が承知しないよ」

咲の台詞に、今度は修次がじろりと咲を睨んだ。

「あんたに言われる筋合いはねぇよ。俺はな、一度請け負った仕事はきっちりやるぜ」

確かに私が言う筋合いじゃない――

「ならいいんだよ」

ぷいと顔をそむけて、咲は持ったままだった自分の簪を頭に挿し直した。

「娘さん、娘さんって、私は今年二十六だよ。若造が生意気な口利くんじゃないよ」

咲が言うと、修次は一瞬驚いた顔をして、それからくすりと笑った。

「なんだ、じゃあ一つしか違わねぇ。そっちこそ若造よばわりはやめとくんな」

「一つでも上は上さ」

「そうだが……姐さんの名はなんてんだい？」

「咲」

「お咲さんか。あの店にはよく行くのかい？」

「昨日が初めてだよ」

「それで今日も訪ねてったのか」

「そうだよ。――その簪が気に入ったからさ」

修次の前で認めるのは癪だったが、別れる前に聞いておきたいことがある。

「それのどこが出来損ないなのさ？　銘は偽物らしいけど、銘を彫る前にあんたは放り出したんだろう？」

「どこがって訊かれてもな」

苦笑しながら修次は簪に彫られた燕を見つめた。

「どうも俺が彫りたかった燕と、ちっと違うんだよなぁ……」

とすると、それは作り手だけのこだわりで、意匠や技の問題ではない。

「そうかい。でもそんなんで、二日後にちゃんとしたのを届けられんのかい？」

直す、と修次は言った。

まさか銘だけ彫り直す訳ではあるまい。見た目は遊び人でも、修次の職人としてのこだわりは人一倍と咲は見た。そんな職人が一度は放り出した物を、二日で自分の望んだ形に作り直すことができるのだろうかと、咲は訝った。

「心配いらねぇよ。今なら彫れる気がすんのさ。これもお稲荷さんのお導きかね」

にやりとしてから、修次は辺りを見回した。

「――それにしてもあの餓鬼ども、今度見かけたらただじゃおかねぇ」

「まったくだよ」

逃がしたのは悔しいが、簪が戻ったことで双子が盗人にならずに済んで、言葉とは裏腹に咲はひとまずほっとした。簪への未練はまだあるものの、冴の方が自分より持ち主にふさわしいとも納得している。

「でもあんた、双子よりも先に喜兵衛ってやつをなんとかするんだね」

「それもそうか。でもあの爺とは長ぇ付き合いだからなぁ……」

「そんなの私の知ったこっちゃないよ」

修次は新銀町に住んでいるらしい。町名から察せられるように、銀細工職人が多い町である。

家に戻ってやりかけの仕事をまず片付けるという修次とは、稲荷を出て左右に別れた。

咲の長屋も途中まで道は同じなのだが、修次と連れ立って行くのはどうも気まずい。

それこそまた神田川沿いでも歩いて帰ろうかと、一旦北へ足を向けた咲だが、一町も行かないうちに思い直して、十軒店の方へ引き返した。

二日ありゃ、私にもできることがある。

これも何かの縁だもの――

⊛

鐘が聞こえて、咲は目を覚ました。

夜なべが続いたせいか、針を持ったまま いつの間にか舟をこいでいたようだ。

鳴ったのは八ツの鐘らしい。もう少し仕事を続けてもよかったが、一度目が覚めると、修次のことが気になって、咲は早々に冴たちの長屋へ出向くことにした。

修次が言っていた七ツの刻限まであと一刻だ。

あいつがちゃんと約束を果たすかどうか……

見届けてやるという気持ちの他に、咲なりに用意している物もある。

着替えようと、よそ行きに手をかけて――やめた。

よそ行きといっても、咲の持っている着物など高が知れている。しかしこの程度の物でも、冴や千太には嫌みと映りかねなかった。

――それに、あんなやつのために着飾るこたぁないもんね。

化粧もやや控えめに、しごき帯だけを普通の帯に締め直し、葡萄色の普段着で咲は表へ出た。頭に挿しているのは二日前と同じ塗簪で、小箱を入れた巾着を提げている。

紺屋町を抜ける時に、馴染みの菓子屋で茶饅頭を一包み買い込んだ。

小伝馬町の稲荷神社の傍で訊ねると、冴と千太が住む晋作長屋はすぐに判った。

木戸をくぐって長屋に入った咲を、井戸端にいた女たちが口を止めて一斉に見た。

「平永町の咲といいます。お冴ちゃんに届け物を持って来たんだけど……」

「届け物？」

咲とあまり変わらぬ年の女が眉を寄せた時、奥から冴の顔が覗いた。

「あ、先日の……」

女たちに会釈をしてから、咲は冴の長屋へ歩み寄った。

冴の家は、九尺二間が連なる平長屋の一つだった。家財は少なく安物ばかりだが、家の中も外もこざっぱりとしたものだ。雑巾を片手にしているところを見ると、冴は掃除をしていたらしい。

「おとといは名乗りもせずに失礼したね。私は咲っていうんだよ」

「お咲さん」

「修次さんは、もう来たかい？」

咲が訊ねると、冴は小さく首を振った。

「……あんなでも、あいつは人気の職人でね」

そんな義理もないのに、つい庇（かば）うようなことを咲は口にした。

「まだ七ツまでは間がありますし」

「そうだね。――そうそう、お饅頭を買って来たんだよ。千太は出かけてんのかい？」

「内職が終わったから、品物を届けに出てます。いつもならもうとっくに戻ってるんですけど、今日はどこで油を売ってるんだか」

「じゃあ、お饅頭は千太が帰ってからだ。それまでに掃除を済ませちまおうよ」

咲がたすきを取り出すと、冴はびっくりした顔をした。

「あの」

「いいんだよ。一人より二人の方がはかどるじゃないの」

　土間やかまどの周りを片付け、柱から畳まで丁寧に拭いていく。

　父親の想い出が詰まった二階建て長屋を出た時、母親が亡くなった九尺二間を引き払った時、通いの弟子になった時、独り立ちして今の長屋に移った時……やはり咲は同じように隅々まで念入りにそれまでの住処を掃除した。

「……おとっつぁんは仕事かい？」

「はい。近頃お天気がいいから、朝から晩まで出ずっぱりで……」

　振り売りでもしているのかと思ったが、訊ねるほどのことではない。借金のかたに売り飛ばす娘と家で一日過ごすのは辛かろうから、晴天続きなのは父親には幸いだろう。

　あらかた掃除を終えたところへ、千太が戻って来た。たすき姿の咲を見て目を丸くしたものの、饅頭があると聞くと、喜んで雑巾と桶を洗いに井戸端へ駆けて行く。

　茶はないが、冴がさっと沸かした白湯で一息ついた。

　饅頭にかぶりつく千太を横目に、咲は表をちらりと見やった。

　開け放した引き戸からは向かいの家が見えるだけだが、表の明るさからして、七ツまで四半刻もないのではないかと思う。

「あの修次って人、来るかな？」

「来なくてもいいのよ。だって、あんな立派な物をもらういわれはないんだもの」

姉弟のやり取りを聞きながら、咲は持って来た巾着を開いて小箱を出した。

「お冴ちゃん、あんた、櫛は持ってるかい？」

「ええ、おっかさんの使っていたのがあります」

「持っておいで。髪をすいたげる」

簞笥の引き出しから出した櫛を、冴はおずおずと差し出した。

小さな梅の彫りが入っただけの質素な黄楊櫛だが、歯は一本も欠けていない。

「おっかさん、大事にしていたんだね」

「着物も帯も質入れしたけど、それは売ってもどうせ二束三文の安物だからって……おとっつぁんからの最初で最後の贈り物」

母親を亡くしてまだ二月。明日には売られて行く身でありながら、冴は微笑んだ。

涙をこらえたぎこちない笑みが苦しくて、咲は目を落として、持参した小箱から椿油を取り出した。

後ろ向きに冴を座らせ、まだ髷も結えない切り髪に少し椿油を馴染ませてやる。上からそっと櫛を通して、ゆっくりと髪をすいた。

咲が奉公に出る前日に、やはり母親がこうして髪をすいてくれた。

襟元から覗く冴の首は細く儚く――切なかった。

「櫛にも簪にもまだ短すぎるね、あんたの髪は」

しかし、しっとりとした黒髪は艶やかで美しい。肌は今は日焼けしているが、すぐに白くなるだろう。髷が結えるようになる頃には、「小町」の名で呼ばれたかもしれないのに、まだこれからの娘盛りを冴は郭で迎えることになるのだ。

「……おっかさんも、前はよく髪をすいてくれました。まだ病になる前……」

「そうかい。どこの母親も一緒だね。私のおっかさんも、昔よく同じようにしてくれたよ。奉公に出る前の日は、特に念入りに……」

「お咲さんも奉公へ出たの？」

「ああ。十の時に、縫箔の親方のところへね」

「十なら私より小さいわ」

でも私は、あんたのように花街に売られた訳じゃない……

「……うちはね、弟も妹も十で奉公へ出てるのさ」

「弟がいるの？」

三つ目の饅頭を頬張りながら、咲たちを見ていた千太が訊いた。

「うん。でも、あんたのような洟たれ小僧じゃないよ。もう二十二の一人前さ」

「おれだって来年十になるよ」

「じゃああんたもそろそろ、身の振り方を考えないとね。おとっつぁんの跡を継ぐか、どこかへ奉公へ出るか――」

「おれ……」

千太にも、子供なりに思うことがあるのだろう。

「おとっつぁんと、よく話してみるんだね」

櫛を置いて、咲は微笑んだ。

「千太、見てみな。あんたの姉さんは大した器量良しじゃないか」

「そんなの、見なくても判ってらぁ」

口を尖らせ、千太がそっぽを向く。

冴と苦笑を交わすと、咲は今度は小箱の中の膏薬を手に取った。

修次が現れる気配もないのが気になるが、顔には出さずに冴と向き合う。

「――美人だとそれだけでやっかまれることもあるから、気を付けるんだよ」

「お咲さんもやっかまれた？」

「私はあんたほど器量良しじゃないもの」

それに張り合っていたのは男弟子ばかりだから、やっかまれたのは見た目ではなく、咲の才や技の方だ。

「そんなことないわ。お咲さん、お綺麗だもの」

「そうそう。そんな調子で、姐さん連中を持ち上げておくといいのさ」

咲が笑うと、冴もつられて笑った。

「さ、手をお出し」

言われた通りに冴が出した右手へ、咲は膏薬を塗りつけた。薄く伸ばしながら、荒れた手へ優しく揉み込んでやる。

「……妹さんの話もして」

「妹かい？」

弥四郎宅で咲にあてがわれた三畳部屋から、雪を奉公先へ送り出して、もうすぐ十年になろうとしている。

「妹はね、私と違っておっとりしててね。おっとりだけならいいけど、うっかり者でもあるのさ。浅草の旅籠で奉公してるんだけど、初めのうちは、遣いに行っては迷子になったり、転んで客に頭から足すすぎの湯をぶっかけちまったり、まあ呆れるほどやらかしてくれたよ。あの子の失敗を聞く度に、こっちは青くなったり赤くなったり、はらはらしたもんさ」

ふふ、と、冴が笑みを漏らした。

「ま、それも今じゃ笑い話だけどね。じきに勤めて十年になるから、今は姐さん気取りで、若い子らへあれこれ小言を言ってるらしくてね。それがまた、私や弟の笑いぐさになってんのさ……さあ、そっちの手も貸しな」

「お咲さんの時も、おっかさんがこうやってくれたの？」

「そうだよ」

「妹さんの時も？」

「妹の時は私がやった。……おっかさんはあの子が七つの時に逝っちまったからね」

「そう……」

しばし訪れた沈黙の合間を縫って、鐘が鳴った。

時の鐘の前に三つ打たれる捨鐘だ。

あの野郎、あれだけ大口叩いといて――

それでも咲は表を見やりながら、今にも修次が現れないかと微かな期待を紡いだ。

冴や千太も同様らしく、三人で黙って耳を澄ませるうちに七つ目の鐘が鳴り終わった。

一つ大きな溜息を漏らして咲は言った。

「……とんだ嘘つき野郎だったね」

「いいんです。それに、お咲さんが来てくれたもの」

思ったよりも屈託なく、にこりとした冴の笑顔が咲には余計に苦しかった。

守れない約束なんか、はなからしなきゃいいんだ。

修次には失望しかないが、それならそれで、自分が精一杯の餞をするまでだと、咲は思った。

小箱と一緒に持って来た紙包みを、千太の前に押しやった。

「これをあげる。あんたから姉さんにやりな」

「これは……？」

「私が作ったもんだけど、よかったら姉さんに持ってってもらえないかと思ってね」

「お咲さんが？」

「ああ、こう見えて、私も職人の端くれなんだよ」

千太が紙包みに手を伸ばした時、表から駆けて来る足音が聞こえてきた。

「千太！　お冴！」

「ちょっとなんだい、あんた！」

修次の声に長屋の女の声が重なる。

咲と冴が腰を浮かす間に、千太が表に飛び出した。

「お、そこにいたのかい……」

千太と一緒に土間へ入って来た修次は、咲を見て驚いた顔をした。

「あんたも来てたのか」

「遅いじゃないのさ」

じろりと咲が見上げると、修次は一瞬ばつの悪い顔をしてから言い返した。

「別に遅くはないだろう」

「七ツはとっくに鳴ったけどね」

「鳴ったのはついさっきじゃねぇか。それに、六ツまでは七ツのうちさ」

「じゃあなんで走って来たのさ。六ツまであるなら、悠々歩いてくりゃいいものを」

「まあ、そう嚙みつきなさんな」

「嚙みついてなんか――」

「走って来たのは、こいつを早く渡したかったからさ」

咲の嫌みをものともせず、修次は懐から紙包みを取り出した。

冴にではなく、咲に包みを差し出して言う。

「お咲さん、あんたがいたとはちょうどいい。あんたは目が肥えてるみたいだからな。

さあ、見てくんな。こいつがきっと、俺が彫りたかった燕なんだ」

包み紙を開いて、咲は簪を取り出した。

丸い、銀一色の平打に、飛燕と木蓮。

意匠は変わらないが、燕の翼と顔には二日前にはなかった柔らかさがあった。

ああ、帰って行くのか……

そこには、空を飛ぶことのできる自由はもとより、家路に向かう喜びがあった。

長い冬を越えて、己を待つ「家」に戻る喜び――

燕のゆく先に咲が見たのは、かつて両親と過ごした長屋や、貧しいながらも母子四人で暮らした九尺二間だけではない。

今、咲が「家」と呼ぶのは藤次郎長屋だ。そこには家族同然の住人がいて、藪入りには弟妹たちが戻って来る。二人が身を固めるまでのことだから、あと何回続くかは判らないが、兄弟三人で過ごす一日が咲にはいつだって待ち遠しい。

――いつか……帰って来られるといいな――

修次が冴にかけた言葉が思い出される。

ふと、修次はどうなのだろう、と、咲は思った。

錺師だということ以外、咲は修次のことを知らない。

独り身なのか、妻子持ちなのか。

親兄弟はいるのだろうか。

人にしろ、家にしろ、この男には「帰りたい」と想う場所があるに違いない……

表裏、つぶさに確かめる咲の手元を冴と千太が覗き込む。

「どうだい？」

得意げな修次を見やって咲は言った。

「いいね」

「それだけかい？」

「それだけだよ。——不満かい？」

咲が問い返すと、修次は一瞬黙ってにやりとした。

「いや、充分だ」

「お冴ちゃん、ほら見てごらん」

修次をよそに、咲は冴に簪を渡した。

「綺麗……」

飛燕に見入る冴に、咲は微笑んだ。

「裏も見てごらん。ほら、ここの枝のところ……」

咲が指差したところを見て、冴がぱっと顔を輝かせた。

裏の彫りも非の打ちどころがなく、木蓮の枝と花の合間を燕が飛んで行くのが窺える。ちょうど燕の背と重なる枝と花の部分に、それと判らぬよう巧妙に「さえ」と仮名で彫り込まれていた。

「私の名前……嬉しい……」

源氏名がつけば、親からもらった名で呼ばれることはなくなるだろう。

簪の足に入った銘も彫り直してあった。一見、前と同じに見えるものの、微かに滑らかな字になっているのが意外だった。なんとなく、もっと意地っ張りな、切れのある銘を咲は勝手に想像していた。

「修次さん、ありがとうございます」

冴が頭を下げたのを見て、千太が咲からの包みに手をやった。

「これも――」

「お咲さんが作ってくださったんですよね」

包みから取り出されたのは、褐色一色の地味な袱紗(ふくさ)だ。袱紗の中でも茶道に使われる古袱紗と呼ばれる物で、普通の袱紗より小さめである。

簪に比べて味気ない贈り物に、千太の顔には小さな失望が浮かんだ。

「それで簪を包んでもらおうかと思ってね」

「お気遣いありがとうございます……」

礼を言って、さっそく簪を包もうと袱紗を開いた冴が目を見張った。

覗き込んだ修次と千太の顔にも驚きが浮かぶ。

「これ……」

袱紗は買った物だが、中には咲が施した刺繡がある。

修次が咲を見て問うた。

「これ、あんたが縫ったのかい？」

「そうだよ。私はこれでおまんま食ってんのさ」

地色は砂色で、右上には木蓮の枝と花。

左下には、童子が空に向かって両手を上げている。

一見、咲きほこる木蓮を喜んでいるようだが――

「お冴、ちょいとその簪をここに置いてみな」

修次に言われ、手にしていた簪を冴がそっと袱紗の上に置いた。

縫われた木蓮の枝と簪の枝がぴったり重なる場所がある。

簪が重ねられると、童子が見上げているのが燕になった。

「そうそう、そういう風にね、簪に合うかと思ってさ……」

照れ臭くて咲は言葉を濁したが、刺繡の出来には満足していた。

咲の仕事場には千からの糸がある。

既製の物だけでなく、糸屋に注文をつけて作ってもらった物や、自分でこだわって染めた物も多い。

似たような色でもわずかな濃淡を組み合わせて、より細かく丁寧に咲は縫い上げる。だから木蓮の花びらも修次の簪に負けず劣らずふっくらして見えるし、童子なぞは肌から着物、草履にいたるまで、何色も数え切れぬほど糸を変えた。

「驚いたな。ぴったりじゃねぇか」

「そりゃ、二度も近くで見たからね」

「俺がまったく違うのを持って来たら、どうするつもりだったんだ?」

「そんときゃそん時。ご愛嬌さ。もとよりあんたが来るかどうかは、賭けだと思ってたもの」

「賭けたぁあんまりだ。そんなに俺は信用ならねぇかい?」

「一見であんたみたいな男を信じるほど、世間知らずじゃないんだよ」

言葉はきついが、咲が口の端を上げると、修次も笑った。

「ひでぇいわれようだ……」

横から覗き込んでいた千太が、童子を指差して言った。

「――これ、おれの着物と一緒だ」

紺の弁慶縞の着物である。

「そうさ。だって、千太のことを考えながら縫ったんだもの」

「おれ、こんなに小さくないよ」

文句を言いながらも、目は嬉しげだ。

「作り物なんだから、そっくり同じにすることたないのさ」

――現(うつつ)が辛いものなら尚更(なおさら)だ……

冴が咲を見上げて言った。

「お咲さん、ありが――」

「礼なら千太に言うんだね」

手を振って礼を遮った。

「言ったろう？　そいつは私が千太のために縫ったのさ」

――何か、きれいな物――

冴への同情よりも、千太の姉への想いが己を動かしたのだと、咲は思う。

刺繍の童子の頬を撫でてから、冴が言った。

「千太、ありがとう。……ずっと大事にするから」

「姉ちゃん……」

互いに唇を噛んで見つめ合う姉弟に、咲の方が泣きたくなった。

この姉弟は明日もこうして、涙をこらえて別れるのだろうか。

二人がこれまでどれだけの涙を押しとどめ、代わりに互いを励まし合ってきたのかと思うと胸が痛む。

わざとらしく膝(ひざ)を払って、咲は言った。

「さ、私はそろそろお暇(いとま)しようかね」

もう充分長居した。これ以上は恩着せがましいし、そろそろ帰って来るだろう父親と顔を合わせるのは気が重い。

悪い父親ではないのだろう、と思う。

博打(ばくち)や深酒で借金を背負ったろくでなしではなく、おそらく、何よりも妻を愛した実直で真面目な男。いずれ首が回らなくなると知りながら、病床の妻のために借金に借金を重ねて薬を都合したのだろう。

こうなることが予見できなかった筈はないのに——

だからといって、一家が母親を見捨てることはできなかったろうと思うものの、咲は気持ちを割り切れずに苛立った。

だが、己の勝手な苛立ちを冴や千太に見せたくはなかった。

精一杯、何気なさを装って微笑むと、咲は言った。

「……達者でね」

ちくしょう。

こんな月並みなことしか言えないなんて……

咲の気持ちを慮（おもんぱか）ってか、冴は口元を引き締めたまま無理矢理、笑顔を作った。

「……お咲さんも――修次さんも」

「おう」

うつむき加減だが、修次も笑顔を返した。

見送りを断って長屋を後にすると、住人の好奇の目をかいくぐって木戸の外に出る。

なんとなく修次と連れ立って北へ道を折れたところで、駆けて来る足音に気付いた。

「待って」

振り向くと、千太が思い詰めたように咲を見つめている。

「千太」

「あの……これ……」

躊躇いながら千太が差し出したのは、小さな紙包みだ。

「なんだい？」

半ば押しつけられるようにして渡された包みを、咲は開いた。

中に入っていたのは、黄楊の丸櫛だった。

新品だが安物で、峰に二輪入っている椿の花の彫りも甘い。

「ぬすんだんじゃないよ。今日もらった分……」

言葉を濁した千太の様子から察するに、もらった内職の手間賃で買ったのだろう。

「あのきれいな布のお礼。お金はないから……これで……」

「あんた……」

莫迦だね、この子は。

これこそが本当に「綺麗な物」なのに――

顎を上げて涙をこらえると、修次と目が合って、慌てて咲はそっぽを向いた。

「もらえないよ」

「だって」

「だってこいつは、あんたが姉さんのために買った物なんだろう？」

いくらだったのかは知らないが、内職の手間賃は一家にとって大きな実入りに違いない。今日明日の米や味噌さえないというのに、手間賃を握り締め、いなくなる姉を想って千太なりにあれこれ「綺麗な物」を物色してきたのだろう。

もしかしたら、修次は来ないものと思っていたのかもしれない。

来てくれれば――約束を果たしてくれれば――嬉しいけれど、大人や世間にけして過剰な期待を寄せてはいけないことを、千太や冴は身をもって知っている気がした。

手の中の櫛を、今一度、咲は見つめた。

千太が懐と相談しながら、吟味に吟味を重ねて選んできたであろう櫛は、それだけで仄かな輝きを放っているように見える。

櫛を丁寧に紙に包み直すと、咲は千太の手を取り、しかとその手のひらに返した。

「私はね、あんたの心がけが気に入ってあの袱紗を作ったのさ。だからお代なんていらないんだよ。大体、姉さんに買った物をどうして私にくれるのさ。無礼な話だよ。年増だからって莫迦にすんじゃないよ」

「ば、ばかになんか――」

困った顔をした千太の肩を、修次がぽんと叩いた。

「よせよせ、千太。年増の言い分にゃ、はいそうですかと頷いときゃいいんだ。それにお咲さんの言うことには一理あるぜ。姉ちゃんとはいえ、他の女のために選んだ物を、違う女にやるのはどうも具合が悪いのさ。だからそいつはお前が初めから考えてた通り、姉ちゃんにやるのが一番なんだ」

腰をかがめた修次が笑いながら諭すと、千太は紙包みを両手で胸に抱いた。

「お咲さん……」

「いいから早くお帰り」

手を伸ばして、千太の頭を撫でてやると、ようやく安心したように千太は頷いた。

「さ、おゆき」

背を押されて歩き出した千太が、角を曲がる前にちらりと振り向く。

力強く頷いて見せ、咲は千太を見送った。

千太の姿がすっかり見えなくなると、踵を返し、咲は猛然と歩き始めた。

◎

「おい」

慌てた修次が追って来るのが判ったが、咲は足を緩めなかった。

「おい、ちょっと待ちなよ」

横に並んだ修次が咲の顔を覗き込む。

「何か用かい？」

「何って……なんだ、泣いてんのかと思ったぜ」

「泣いてなんかないさ」

泣きたくても、人前で泣かないだけの意地が咲にはある。

「女の泣き顔が見たくて追って来たのかい？　趣味が悪いね」

「らしいな。よく言われるよ」

「じゃ、お気の毒さまだったね。あんた、新銀町はあっちだろう？」

橋を越えたところで咲が北西を指差すと、修次が問うた。

「お咲さんはどこへ行くんだい？」

「私は……ちょいと神田川を歩いて帰るよ」

「じゃあ俺も」

「ついて来ないでおくれよ」

「そうはいかねぇ」

足を止めて咲が見上げた修次は、思ったより真面目な顔をしていた。

「──あんた、あの小間物屋に簪代を置いてったろう？」

「それがどうしたのさ」

二日前、修次と別れた後に日本橋の方へ引き返し、再びあの小間物屋を訪ねた。

――子供が盗ってったのはほんの出来心さ。とっ捕まえてたんとお仕置きしたから、このことは忘れてやっとくれ。もともとそっちだって、偽の銘が入った盗品を売ろうとしてたんじゃないか。簪の方は、銘を彫り直してもらって自分が譲り受けることになったよ。だからとりあえず仕入れ代だけは払うけど、それ以上は出さないよ――

そんな風に店主を言い包め、店が喜兵衛という男に与えたという一朱を払った。

この二日の間に、修次の方も店に顔を出したらしい。懐から懐紙に包んだ金を出して、修次が言った。

「簪を売った金を喜兵衛の爺から取り戻して来た。ほら、返すぜ」

「いらないよ」

咲が拒むと、修次が苦笑した。

「そりゃずるいぜ、お咲さん」

「私がずるい？」

「そうさ。あの簪は、俺がお冴に贈りたいんだよ」

簪を手渡したのは修次で、冴もあれは修次からの餞別だと疑っていないが、咲が「簪代」を払ったとなると、納得できない修次の気持ちも判る。

「そうか……なら仕方ないね」

ぞんざいに手を出すと、修次の方は恭しく懐紙の包みを手のひらに載せた。

これで用は済んだと思いきや、歩き出した咲の横を懲りずに修次もついて来る。

「なんなんだい、もう」

「何って、柳原に行くんだろう?」

「あんたと一緒はごめんだよ。あんたが行きたいってんなら勝手におゆき。私は家に帰るから」

「こりゃまた、嫌われたもんだな……」

頰を搔く修次からぷいと顔をそらした時、見覚えのある二つの小さな影が少し先の角から出て来た。双子は咲たちには気付かずにやはり柳原の方へと歩いて行く。

あの餓鬼ども――

裾をたくし上げた咲に修次がぎょっとしたのも一瞬で、咲が顎をしゃくるとすぐに合点して尻端折りになった。

「追うよ」

「ああ、今度は逃がさねぇ」

双子が笑い合いながら歩く背後へ、足を忍ばせて近付いて行く。

五間ほどまでに距離を詰めた時、双子の一人が振り向いた。

「わぁ、逃げろ！」

「逃げろ！」

手に手を取って走り出した二人だが、口々に叫んだ声はどこか楽しげだ。

「待たねぇか！」

修次が怒鳴るも、双子は笑いながら走って行くばかりだ。

「だぁれが待つもんか！」

「待つもんか！」

咲たちをからかうように時々振り返る割には、双子の足は速い。

三町ほどをわあわあ騒ぎつつ、あっという間に駆け抜けて柳原に出た。

双子を追って柳原を左に折れると、ほどなくして、双子が和泉橋の手前で柳の中に入って行くのが見えた。

あそこには、あの稲荷が――

先を行く修次が舌打ちした。

「また稲荷に逃げ込みやがった……」

どうやら修次も、あの稲荷神社を知っているらしい。

双子に続いて柳の中へ足を踏み入れると、ぱたぱたと前を行く足音が途絶えた。

「こら、お前たち！　出て来い！」

「やぁだよ」

「やぁだよ」

くすくすと笑う声は、いつもの稲荷の方から聞こえてくる。

だが、咲たちが鳥居の前にたどり着いた時、双子の姿はもうどこにもなかった。

耳を澄ませるも、笑い声も足音も聞こえてこない。しばし修次と二人で稲荷の周りを探してみたが、空振りに終わった。

「また逃げられたか――」

腹立ち紛れに、ぺちっと修次が神狐の一匹の頭をはたいた。

「お狐（きつね）さまにあたるのはおよしよ。ばちが当たったらどうすんのさ」

「ばちなんて……」

言いながら気になったのか、修次ははたいた神狐の頭を撫でた。

台座の上に座っていても、咲の腰までも満たない高さの小さな神狐たちだ。修次と反対側の神狐の頭を咲も撫でる。

「――あんた、この稲荷を知ってたんだね」

「まぁな。といっても、こないだ偶然見つけたんだがね。お咲さんも知ってたのか」

「ここは長屋からそう遠くないからね……」

「神田川には、よく気晴らしに来んのかい?」

「そういうこともあるね」

咲が応えると修次はふっと目元を緩めた。

「もう怒ってないんだな?」

「どういうことさ?」

「さっき——ひどく怒ってたじゃないか」

「怒ってなんかないさ」

つんとそっぽを向いて言ってから、怒っていたのだろうと思い直した。

「……なんだか、やりきれなくなったのさ」

寄りかかるように、傍らの神狐の頭を撫でながら、咲は言った。

「あんな物をあげたところで、あの子は明日には売られていっちまう。それに吉原なんて、華やかなのは表だけだろう? 二千からの女がいる場所なんて、それだけでぞっとしないよ。なのに『達者でね』なんて……いい人ぶった自分に腹が立ったのさ」

咲を突き動かしたのは、姉を想う千太の心だ。

だが、針を動かすうちに、細工への意欲が同情を凌駕していったように思う。

冴がいつか家族のもとへ戻れればいいと本心から願っている咲だが、あの袱紗を与えたことで、冴や千太に「こうあれ」と押しつけたような気がして心苦しかった。

だって、願ったことが叶うとは限らないもの……

身請けされる遊女はほんの一握りで、幸せな余生を暮らす者は更に少ない。年季が明けるまでに、病死や折檻死する遊女が一体どれだけいることか。

「郭を出られる子なんて滅多にいやしない。なのにあんな物――」

あんな、里心がついちまうような物――

「私らが余計なことしなくても、千太の櫛だけで充分だったのさ。身請けできるほどの金があるならともかく、私らが何をしようと、あの子が売られてくことに変わりはない。それがなんともやりきれないんだよ」

落とした目に神狐が映り、咲はふと、つい先日ここで願ったことを思い出した。

――何か、面白いことでもないかねぇ……――

たった三日前のことなのに、十日も一月も昔に感じた。

三日前には会ったこともなかった男と双子を追いかけ回し、出会ったばかりの姉弟のために夜なべして針を動かした。

そこには確かに、いつもとは違う高揚と充足があったが――

でもこんなのは……

「……ちっとも面白くねぇなぁ」

心を読まれたのかと思って、咲は思わず顔を上げた。

咲と目が合うと、修次は微苦笑を浮かべて続けた。

「――確かに、こんなのはやりきれねぇ。でもよ、お咲さん。あんな物なんて、俺はこれっぱかしも思っちゃいねぇよ」

咲を見つめて穏やかな声で修次は言った。

「あの刺繍、見事なもんだったぜ」

「そうかい」

「ああ。あんただって、そう思ってんだろう？」

にやりとした修次は気に入らないが、小さく頷くことで咲は同意した。

「どこの親方についてるんだい？」

「連雀町（れんじゃくちょう）の弥四郎親方だよ。といっても、もう大分前に独り立ちしたけどね」

「あんた一人でかい？」

「独り立ちってそういうことだろう」

「ま、そりゃそうだわな」

顎を撫でる修次をじろりと睨むと、修次はおどけて首をすくめた。

「どこまでも気の強い姐さんだな……でも俺は、本当に感心してんだよ。俺はお冴の気持ちばかし考えてたが、お冴に必要で——大事なのはきっと、自分の気持ちよりも千太の気持ちなんだ」

帰りたいと望む者と、戻って来いと望む者。

温かく迎えてくれる「家」があるからこそ、家路をゆく足も弾む。

「そんな大層なこと考えてなかったさ」

謙遜したのではなく、実際にそこまで気を回した訳ではなかった。

「それに、所詮は絵に描いた餅じゃないか」

「そうさな。だがそれが枷になるか励みになるかは、お冴次第だ。そんなとこまで俺たちが案ずることたねぇだろう。大体、俺がお冴に簪をやったのは同情からじゃねぇ。お冴に感謝しているからさ」

「感謝？」

「そうとも。春に飛んでく燕を見て、ああいうのを彫ってみてぇと思ったのよ。けど実際彫ってみると、どうも思ってたような燕にならねぇ。来年の春まで待とうかと放っておいたのを喜兵衛の爺が持ってったんだが――お冴を見た時に閃いたんだ。彫りたいもんが彫れたし、出来にも満足だ。全部、お冴のおかげさ」

そう言って微笑む修次は本当に満足げだ。

「まあしかし、あの簪が陽の目をみることはまずねぇやな。髷が結えるようになりゃ振新だ。お冴はあの器量だからな。見世に出りゃすぐ売れっ妓になる。こう、鼈甲の簪を何本も挿してよ……平打なんざお呼びじゃねぇや」

「いいじゃないか、それでも。だってあの簪は――」

あれはただ美しく、持っているだけで心が華やぐ一品だから。

そして「帰りたい」という願いは、金と欲が渦巻く郭で人目に晒すよりも、一人密かに想い続けてこそ叶うような気がするから……

だがこういったことを修次に伝えるのは、どうにも癪だった。

口をつぐんだ咲に、修次が苦笑した。

「お咲さんよ」

「なんだい？」

「せっかくここまで来たんだ。お参りして帰らねぇか？」

「……そうだね」

隣りの神狐をもう一撫でして、改めて前に回ると、咲は腰をかがめて鳥居をくぐった。

咲よりも背の高い修次は、もっと大げさに腰を折る。

「餓鬼ども御用達の稲荷かね、こりゃ」

「そうかもね」

相槌を打ちながら、くすりと笑い声が聞こえた気がして、咲は辺りを見回した。

「どうした？」

「あの双子がまだ、近くにいる気がしてさ」

「あいつら……」

やはり辺りを見回した修次の横で、咲は口に手を添えて声を上げた。

「あんたたち、あんまり悪さすんじゃないよー！」

北から神田川を渡って来た風が、柳の葉を揺らす。

葉擦れに交じって、ぷくくっと忍び笑いが微かに聞こえた。

「どっかに隠れてやがるんだ」

むきになって、社の周りをぐるりと回る修次をよそに、咲はもう一度声をかけた。

「もうじき日が暮れるよー。早くおうちにお帰りー！」

双子の家がどこかは知らないが、日本橋から小伝馬町、柳原となると、あの年頃にしてはかなり広い範囲を遊び歩いていることになる。

少し冷えてきた風に咲は眉をひそめた。

七ツ半は過ぎていると思われる。

そこらの子なら湯屋へ向かい、空き腹を抱えて夕餉を楽しみに待つ刻限だ。

「早く、おうちへお帰りー！」

柳を嬲る風に、繰り返した咲の声が紛れて消えた。

数瞬ののち、遠くで小さな声が二つ重なる。

「はぁーい」

「はぁーい」

思いのほか可愛らしい返事に咲がくすっと笑うと、修次が呆れた顔で見やった。

「お咲さんよ……」

「なんだい？」

「あんた……相当な変わりもんだな」

咲を上から下まで不躾に見やって言う修次を、咲は鼻で笑ってやった。

「あんたもさ。そういうことはね、思っててても黙っとくもんなんだよ」

言い捨てて咲は財布から一文銭を取り出し――思い直して四文銭と取り換えた。

賽銭箱に四文銭を入れ、柏手を打つ。

――みんなが、達者で暮らせますように。

弟妹や長屋の皆の他に、土間で深く頭を垂れた汧と千太の姿が思い浮かんで、咲はしばしじっと手を合わせた。

咲が目を開いた時、修次は既に鳥居の外にいた。

柳の合間を抜けて通りまで戻ると、咲は言った。

「さ、あんたももうお帰りよ」

「言われるまでもねぇや……じゃ、またな」

また……？

まあ、物は違えど職人同士なんだから、またどこかで顔を合わせることがあるかもしれないね――

そうは思ったものの口にはせず、咲はただ手を挙げて修次に応えた。

ぶっきらぼうに踵を返して先を歩き始めたくせに、修次は咲と変わらぬゆったりとした足取りで町中へ戻って行く。

家路をたどりつつ、咲はしばし三間ほど前を行く修次の背を見ながら歩いた。

長屋のある平永町で折れる時、声をかけようか一瞬迷ったが、そうしなかった。

さ、私も帰ろう。

通りには湯屋帰りの者たちを始め、家路をゆく者がまだ多くいた。

ある者は親や子と。

またある者は兄弟や友人と。

そしてある者は咲のように一人で、それぞれの家を目指して歩いて行く。

――千太はもう、あの櫛をお冴に渡したろうか。

明日、冴は櫛と簪を懐に吉原の大門(おおもん)をくぐる。

初めのうちは、毎日のように千太からもらった櫛を胸に抱き、咲の作った袱紗を開くのではないかと思う。

それが枷になるか励みになるか……

冴のゆく末を――冴にとっての幸福を――己はただ祈ることしかできない。

藤次郎長屋の前まで来て、咲はふと立ち止まった。

見上げた木戸には、店子の名前が記された木札が掲げてある。

『縫箔師　咲』

暮れかけた空の下で、咲は自分の名を確かめた。

越して来たばかりの頃もやはり、こうして毎日、自分の家を確かめたものだ。

でも家はただの「入れ物」だ。寝食をするだけの場所を「家」とは呼べない。

本当の「家」は――

「おかえんなさーい」

中からかかった路の声に、緩みかけた涙腺(るいせん)を、咲は埃(ほこり)を払うふりをして誤魔化した。

「おかえんなさい」

路の隣りで、勘吉もたどたどしい口で母親を真似(まね)る。

「ただいま」

「遅かったのね。一緒に湯屋に行こうと思ってたのに」

「そりゃすまなかったね。ちょいと用が長引いちゃってさ」

「今夜もまた、夜なべをするの？」

「いや、今日は早めに寝るつもりだよ」

「それがいいわ。身体は大事にしないとね」

「大事にしなきゃなんないのはあんたの方だろう……」

路との他愛ないかけ合いが今日は殊更身に染みる。

夕餉の支度に忙しいしまや福久とも二言三言交わして、咲は自分の家へと帰った。

引き戸を閉めて見渡した部屋は薄暗く、ひっそりとしている。

草履を脱いで上がりかまちに座り込むと、巾着の上から小箱に触れた。

冴の幼い手が思い出され、押しとどめていた涙が頰を伝う。

思わず押さえた胸の内には、亡くなった父母や奉公先の弟妹を始め、長屋の住人や師匠の弥四郎など、己が愛する者たちへの想いと、縫箔への情熱が宿っている。

ここが私の「家」……

あの長屋に冴が戻ることはないやもしれぬが、冴がいつか心のままに誰かを、何かを、慈しむことのできる場所へたどり着けるよう、咲は切に祈った。

——表から、路と勘吉が調子っぱずれに歌う声が聞こえてきた。

隣りではどうやら、保が福久に燗をねだっているようだ。

黙って小さく苦笑を漏らすと、咲は頰の涙を手で拭い、かまどに火を入れるべく立ち上がった。

◎

長月も最後となった日に、咲は仕上げた品物を抱えて桝田屋に向かった。

三日ほど冷え込んだせいか、福久は風邪を引いたらしく昨日から臥せっている。しきりに残念がる福久をなだめて粥を食べさせ、福久たちの分も洗濯を済ませてから、四ツ過ぎに家を出た。

普通の商いを始めるには遅い刻限だが、一人で仕事をしている咲は自由が利く。

今日も表は晴天だ。

風もなく、ひんやりとした空気が清々しい。

いつもより遅くに出たため、回り道はせずに咲はまっすぐ日本橋を渡った。

桝田屋の暖簾をくぐると、客の相手をしていた手代の志郎が目礼した。美弥も二人連れの客の相手をしていて、咲は店先でしばし待った。

上がりかまちに腰かけて、暇潰しにと美弥が出してくれた引き出しの簪やら笄やらを眺めて過ごす。美弥の選んだ物だけあって、どれも申し分なく美しいが、欲しいと思う物は見当たらない。

新たに暖簾をくぐって入って来た女に、美弥が声をかけた。

「いらっしゃいませ、お輝さん」

「こんにちは、お美弥さん」

優麗な女だった。

唐茶色に七宝小紋、柴染の帯と地味な着物なのに、目鼻立ちが整っているだけでなく、化粧や立ち居振る舞いが洗練されていて女の美しさを引き立てている。丸髷と鉄漿から人妻なのは明らかで、年の頃は美弥と同じくらいか少し上だと思われた。

「ちょうどよいところへいらっしゃいました。こちらが縫箔師のお咲さんです」

美弥に言われて、咲は立ち上がって頭を下げた。

「お咲さん、こちらが白萩の櫛入れをご注文くださったお客さまよ。今日、持ってきているのでしょう？　少しお相手お願いできるかしら？」

それだけ言うと、咲の返事を待たずに輝に頭を下げ、美弥は客の方へ戻って行った。

輝を促して上がりかまちに座らせ、自分も座り直したが、静かに己を見つめる輝の瞳に、同じ女でありながら咲はどぎまぎした。

美弥の店に来るということは、どこかの裕福な家のおかみだろう。

「お気に召していただけるとよいのですが……」

持ってきた風呂敷包みを開くと、それぞれ紙に包んである品物の中から、櫛入れの包みを手に取り、輝に差し出す。

作った櫛入れは煌びやかとは言い難い。輝の落ち着いた身なりからして、派手好みではないらしいと咲はほっとしたが、こうして客を目の当たりにすると、試されている気がして緊張する。

白い滑らかな指が包みを開くのを、咲はじっと見守った。

包みを開いた輝の手が止まった。

櫛入れは三つ折りにした。

琥珀色の地色を黄昏に見立てて、表にはこぼれんばかりの白萩を斜めに流した。花の色も真っ白は控え、遠目には一見して白萩だとは判らぬやもしれない。

「……いかがでしょうか？」

おそるおそる訊ねた咲へ、輝は潤んだ目を櫛入れから離さず微笑んだ。

「六ツの鐘が……聞こえてきそうですよ」

櫛入れを手に取り、輝はゆっくり中を確かめる。

中は、枝に触れて手のひらで花を楽しむ様子を想像して、いくつかの花を大きく二面に縫い取ってある。少しだけ使った摺箔は金で、がくと花托の部分に入れて夕闇に映える花びらへ温かい光を放つようにした。

懐から輝が袱紗を取り出した。

中からそっと取り出されたのは、黄楊の丸櫛だった。年代物だと聞かされていた通り、櫛は鼈甲色になっていて、櫛入れの琥珀色とよくなじむ。

櫛の峰に彫られた椿を見て、咲ははっとした。

千太が買った物とは大きさも意匠も違うが、同じくらい安物なのは素人目にも明らかだ。輝のような女には似つかわしくない一品である。

もとは粗削りだったに違いない椿は、年月を経て滑らかでおぼろげになっていた。

かつて花であったことが、夢か幻かのごとく……

お輝さんはもしや――

「――これは、妹からの贈り物なのです。年子で二人きりの姉妹でした。私が十一で奉公へ出る時、片っ端から請け負った駄賃仕事で買ってくれた櫛です。見ての通りの安物ですが、私にとってはこの世に二つとない宝なのです」

そう言って輝は櫛を愛おしげに撫で、櫛入れの中に大事に仕舞った。

「ぴったり……寸法のことじゃありませんよ。この白萩が……ある友人に七草の煙草入れを見せてもらって、それが女の職人さんが作った物だと聞いた時に思いついたんです。あなたにお願いすることができて本当によかった。私、ずっとこの櫛にふさわしい入れ物を探していたんですよ」

「それは――まことに光栄に存じます」

七草の煙草入れは、どこぞの男が妾に買っていったと聞いた。

おそらく二人は共に、花街から身請けされた者なのだろう。

「あの、今は、妹さんは……？」

　どうしても輝の妹に千太が重なって、咲はおずおずと訊ねてみた。

　再会を喜び、互いに幸せに暮らしている――そんな言葉を期待した咲に、輝は穏やかに、温かいともいえる声で応えた。

「妹は亡くなりました」

「えっ？」

「私が奉公へ出た翌年、流行病で――」

　輝の年を考えて、妹が亡くなったのは咲の父親と同じ病だったのではないかと思う。

「それはどうも……申し訳ないことを……」

　しどろもどろになった咲に、輝は小さく首を振った。

「いいのです。――仕方のないことですから」

　輝がこれまでに、一体どれだけの「仕方のないこと」を飲み込んできたのかと思うと、胸が締め付けられる。しかしそれを表に出すのは侮辱に等しいことに思われて、咲はただ頷いた。

　頷き返した輝は今一度櫛入れに目をやり、今度は白萩に負けぬ笑みをこぼした。

「私たち姉妹は、貧乏長屋で生まれ育ちました。なんにもない長屋でしたけど、井戸端に大家さんが植えた白萩が二本あって、毎年、秋に花が咲くのが楽しみでした。暗くなってもそこだけほんのり明るくて……妹と二人で帰って来る度、花に触れては、大家さんに怒られたものです……」

微かに声を震わせたかと思うと、輝は咲を見上げてにっこりとした。

「つまらない話を……すみません。他に回るところもありますので、今日はこの辺で」

慣れた様子で懐紙に金子を包むと、輝は咲の手を取って握らせた。

「これはほんの気持ちです。お代はいくらでも結構ですから、お美弥さんとご相談なさってください」

「ありがとう存じます」

ちょうど美弥の客も買い物を終え、咲と美弥は二人して見送りに表に出た。

二人連れの客を送ってから、美弥は輝に頭を下げる。

「ろくにお話もできずに――」

「いえ、その分お咲さんとお話しできて楽しゅうございました。――また、寄せていただきます」

「お待ちしております」

店へ戻ると、まだ接客中の志郎に一つ頷いてみせ、美弥は奥の部屋へ続く暖簾をくぐる。上がりかまちに出しっぱなしだった品物を抱えて、咲も慌てて後に続いた。

「あの」

「お輝さんは酒問屋のおかみさんよ」

　咲が問う前に、美弥が密やかに言った。

「吉原で昼三だった人で、八年前に身請けされたの。妾じゃなくて正妻よ。ご主人は遊び人だったけど、お輝さんに入れ込んでからはお輝さん一筋。跡継ぎ息子も授かって、今は何不自由ない暮らしをしてるわ」

「そうですか。よかった」

　何をもって幸福とするかは人それぞれだが、美弥の口調からして輝は今の暮らしに満足しているようだ。

　咲が胸を撫で下ろすと、美弥はくすりと笑った。

「やっぱり気になってたのね。お咲ちゃん、あの人に少し似てるもの」

「私がお輝さんに？」

「ええ。だって、あの人もけして、人前では泣かないんですって」

　にっこり微笑んだ美弥へ、一瞬遅れて咲も破顔した。

「それなら……少し似ているかもしれません」

　櫛入れは一分ということで合意したが、いつもの手数料を美弥は固辞した。

輝のくれた懐紙には一朱金が包まれていた。

福久がよくなったら越後屋へ行こう、と咲は思った。

一分一朱もあれば、そこそこいい反物が二人分買える。

睦月の藪入りまでまだ三月以上ある。仕事をしながらでも、弟妹に着物を仕立てるには充分だ。

私にできるのは、それくらいだものね……

早くも弟妹との小正月を想って逸る胸を抑え、咲は日本橋を後にした。

# 第二話　二つの背守り

八ツの鐘が鳴り始めた矢先に、美弥の声がした。

「お咲ちゃん！」

茶屋の縁台から立ち上がって、咲は小さくお辞儀する。

「待たせちゃったかしら？」

「いいえ、私もさっき着いたところです」

「じゃあ私も、お茶をいただいてからでいい？」

熱い茶を頼んだ美弥と一緒に、咲も縁台に座り直す。

恵比寿講へ行かないか、と誘ったのは美弥だった。

大伝馬町の宝田神社では、神無月の十九日に翌日の恵比寿講のための「べったら市」が立つ。恵比寿講は一年の無事を感謝しつつ、五穀豊穣や商売繁盛を祈願する祭りで、べったら市には野菜や魚、漬物の他、神棚や縁起物の小物がずらりと並ぶ。

待ち合わせたのは十軒店の南側にある茶屋で、通りは市のおかげか、いつにも増して賑わっていた。

あいにくの曇り空だが、風がないのは幸いだ。冷気にかじかんできた両手を、咲は湯吞みで温めた。

「出て来てくれてありがとう、お咲ちゃん」

「こちらこそ、お誘いありがとうございます。去年は人に頼んじゃったから、今年は自分で詣でようと思ってましたし……」

「お互い、商売繁盛を祈願しとかないとね」

そう言ってにっこりした美弥は、今日は江戸鼠色の疋田絞りの着物に滅紫色の帯を合わせている。

どちらも地味だが、その分黄金色の打紐が映えているし、町着の中にも美弥の品の良さが滲み出ていた。

「そうそう、店を出るちょっと前に、あの寒椿のお財布が売れたのよ」

「まあ嬉しい！」

金銀の摺箔を交えた煌びやかな意匠で、出来には自信があったが、二分の値を付けたから売れるかどうか不安だった。

「買っていったのは浅草、大川端沿いの料亭、豊久の女将よ」

「豊久なら知ってます。入ったことはないですが、妹の奉公先からそう遠くないので」

二階建てで、大川を見渡せる座敷が人気の大店（おおだな）だ。

「そうだった。お咲ちゃんは妹さんが浅草だったわね。豊久の女将さん、今日は市のために舟で出てきたのよ。お咲ちゃんの財布は前にも手に取ったことはあったんだけど、お買い上げには至らなくて……でもあの財布はどんぴしゃだったみたい。迷わずお買い上げくださったわ」

「よかった」

　これで今年も焦らずに年越しを迎えられそうである。

「恵比寿さまのおかげね。たっぷりお礼しないと」

　店の用事以外であまり外に出ることのない美弥が、はしゃいだ声で言った。

　ゆっくり茶を飲んで暖を取ってから、襟巻を直して二人は大伝馬町へ向かった。

　神社の随分手前から並ぶ市を、美弥とおしゃべりしながら覗（のぞ）いて回る。

「お店の方は志郎（しろう）さんが？」

「ええ。鍵（かぎ）も持たせてあるから一人でも店仕舞いできるんだけど、お漬物を半分こしたいから、六ツまでには戻りたいわ」

　大根を水飴（みずあめ）と麹（こうじ）で漬け込んだその名も「べったら漬」は市の名物だ。独り身には大根一本は多過ぎるから「半分こ」も頷(うなず)ける。ただ、それが美弥と志郎となると、どうしてもくすぐったい気持ちが湧(わ)いてくる。

緩みそうになった口元を隠そうと、襟巻に手をやった咲へ、美弥が続けた。

「あれで志郎さん、お漬物が好物なのよ」

陰気な志郎が一人、仏頂面でぽりぽり漬物を食する様子が頭に浮かんで、咲は思わず噴き出しそうになった。

あれで、と言うからには、美弥も少なからず可笑(おか)しいと思っているのだろう。美弥の方が先に含み笑いを漏らして、咲もつられた。

「じゃあ、お漬物は最後に買うとして、まずお参りを済ませちゃいましょう」

「そうね」

頷き合い、買い物客を縫って鳥居の方へ向かう。

神社の前はすごい混(こ)みようだったが、それもまた祭りの楽しみの一つだ。また一旦(いったん)鳥居の中に足を踏み入れると、誰(だれ)しも少なからず厳かな気持ちになるらしく、人混みの割に、もみくちゃにされることなく落ち着いて参拝することができた。

長屋の路(みち)から、縁起物の熊手(くまで)を一本頼まれている。しまは友人と、福久(ふく)は妹と、それぞれ連れ立って行くとのことで、土産(みやげ)は不要だと言われていた。

「お路さんは、二人目が生まれるのよね？」

「まだ半年は先のことになりますけど、勘吉がそりゃあ楽しみにしていて……うちは大人ばっかりで子供がいないから」

平屋の四軒で妻帯しているのは一軒だけで子供はいない。二階建ての六軒のうち、咲と足袋職人の由蔵、大家の藤次郎は独り身だ。藤次郎は男やもめで、妻は十年以上も前に病で亡くしたという。家族持ちの息子が二人いるものの、藤次郎自身が一人暮らしを望み、息子たちは盆と正月に顔を出すくらいだ。

しまには子供が三人いるが、皆既に十代で、下の二人は奉公へ、同居している長男は十七歳の若者で父親と一緒に仕事に出ているから、勘吉の遊び相手にはならない。

「他の長屋と比べると、そりゃ静かなもんです」

「そうねぇ……でも楽しそうで羨ましいわ」

何気ない口調だったが、寂しさは充分伝わった。

美弥と知り合って五年が経つ。店主と職人という間柄だが、美弥とは出会った時から気が合い、年に何度かはこうして一緒に出かけることがある。互いに身の上を話してあるから、咲は美弥が若い時に一度死産していることを知っている。二度目に授かった赤子は、刃傷沙汰に巻き込まれた夫が死したのちに流れたという。

義父は既に亡くなっていて、しばらくは同居の義母と店を切り盛りしていたのだが、六年前に、なんとその義母が深川のとある隠居の後妻となった。

義母との仲は悪くなく、志郎を店の手代にどうかと連れて来たのも義母らしい。

となると、志郎を後夫とする義母の思惑を勘ぐったのは咲だけではないだろう。

しかし志郎が桝田屋に勤め始めて早六年、二人が一緒になる気配はまるでない。

美弥たちが互いを労わり合う気持ちは、たまに訪れるだけの咲にさえ充分見て取れる。にもかかわらず、その気はないと言い張る二人が、咲にはなんとももどかしい。

「日中はともかく――夜、お美弥さん一人なのは不用心でもありますよ」

「志郎さんにも毎日、戸締りだけはちゃんとするように言われているわ」

咲の精一杯の進言は、さらりと笑顔でかわされた。

なんと返したものか咲が一瞬迷った隙に、美弥が出店の一つに歩み寄った。

「お咲ちゃん、ここの熊手、どうかしら？」

そうやって、いつもはぐらかすんだから――

自分のことは棚に上げ、内心溜息をつきながら咲が近付いて行くと、同じ店を覗いていた男がひょいと振り向いた。

修次だった。

「あ」

溜息ほどの声だったというのに、美弥と、修次の隣りの女が同時に咲の方を見やる。

――女連れか。

なら、声はかけない方がいい。

とっさに判じて、咲は美弥だけを見て微笑んだ。

「可愛らしいですね。きっと勘吉も喜ぶわ」

実際、店の者が差し出した熊手は、長屋に飾るのにちょうどよい大きさで、他の店の物より宝船と、それに乗る恵比寿と大黒天の顔が丸みを帯びていて愛らしい。

「二つ包んでくださいな」

「私も一つ」と、美弥。

懐から財布を取り出そうとした咲の後ろで、聞き覚えのある声がした。

「恵比寿さまがいっぱい」

「大黒さまもいっぱい」

忘れもしない、あの双子の声である。

振り向くと、向かいの店でそれぞれ熊手を指差している双子がいた。今日もやはり藍染の着物に、揃いの濃藍の綿入れを着ている。

つい修次の方を見やると、同じように咲を見やった修次と目が合った。

「修次さん」

連れの女の尖った声に、修次はさっと目をそらして女に微笑んだ。

「ああ、すまねぇ。前に見かけたことのある子らで――」

やり取りで気付いたのか、双子が振り返ってこちらを見上げた。途切れぬ参拝客の合間から、二人して口に手をやり忍び笑いを漏らすのが見える。

思わず一歩踏み出したものの、すぐに諦めた。捕まえて叱りつけたいのは山々だったが、もう一月も前のことだ。祭りに水を差すのは野暮だし、今日は美弥も一緒である。

「こちらの方もご存じで……？」

問い詰めるように女が修次を見上げた。

意外に目ざとく、嫉妬深い女のようである。

誤魔化せないと踏んだのか、修次は咲に向き直った。

「ええと、こちらは――」

「咲と申します」

「ああそうだ、お咲さん。縫箔師のお咲さんだ」

「縫箔師？」

「はい。修次さんとは先月、十軒店の近くの小間物屋でお会いして——その時、あの子らの一人が……」

言葉を濁した咲の後を修次が引き継いだ。

「……店先で転んでわんわん泣いてたのを、お咲さんがなだめてやったのさ。なぁに、ちょいと膝小僧をすりむいただけで、大した怪我じゃなかった。元気そうで何よりさ」

「——ええ」

修次に合わせ、商売用の笑顔を張り付けて咲は応えた。

「ふうん」と、女は咲を一瞥し、わざわざ修次に身を寄せる。

女の丹色の着物の裾には大柄の鼓、紫紺の帯は麻の葉模様で帯締めは薄葡萄色だ。華やかさはあるものの、若作りというほどではない。同じ二十代半ばと見たが、咲よりは色香があり、そこらの町娘でないことは確かだ。

あらぬ疑いをかけられちゃ、たまったもんじゃない——

「じゃ、私たちはこれで……」

さっさと支払いを済ませると、熊手を受け取り、咲は美弥を促して店を離れた。

ちらりと向かいの店を見やるも、双子の姿はもう既にない。

「ちょっと、お咲ちゃん」

修次たちから充分離れてから、美弥が咲の袖を引っ張った。

「いい男じゃないの。一体誰なの？」

「誰って……修次さんですよ。新銀町で錺師をしてるんだそうです」

「えっ、あの人が錺師の修次？」

小間物屋の主だけあって、修次の評判は聞き及んでいるらしい。

「まあ、お咲ちゃんたら隅に置けない。いつの間に――」

「違いますよ。本当に小間物屋の店先で……」

「嘘」

自信満々の美弥に見つめられて、咲はたじろいだ。

「店先で会っただけっていうのは嘘でしょう？」

「それは――でもそんな、大したことじゃないんです」

しかし二言三言で説明できることでもない。

一月前、双子のいたずらから、千太や冴、修次にかかわったことを、どう伝えたものかと思案する咲へ、美弥はにやにやしながら言った。

「話は今度、お店でじっくり聞かせてもらうわ」

「本当に、つまらない話なんですよ」

「そんなの、聞いてみるまで判らないじゃないの。——ああ、でも、あの女はいただけないわ。お咲ちゃんの方がずっといいのに」

「だから、そんな……」

色気のある話じゃないんです、と言いかけて、咲は少し前を行く老女に気付いた。

腰をかがめて、何かを探しているようである。

落とし物でもしたのかと、咲は老女に声をかけた。

「おばあちゃん、何か探し物？」

「うん？」

顔を上げた老女は澄んだ目で咲を見つめると、笑みを浮かべて小さく頭を下げた。

「私は……を探しておるのでございます」

「え？」

よく聞き取れずに咲は首をかしげたが、老女はこっくり頷いて言った。

「そうなのでございます」

——耳が遠いみたいだね。

しかし何を探しているかが判らねば、手伝いようがない。

「お手伝いしますよ、おばあちゃん。何を探してらっしゃるんですか？」

耳元で、少し大きな声を出して訊いてみる。

老女は目をぱちくりして、再び咲を見つめ、穏やかに微笑んだ。

「千両……」

「千両？」

「……千両俵を探しておるのでございます……」

どうやら老女は耳が遠いだけでなく、呆けているらしい。

千両俵がこんなところにある筈がないし、金を落としたとしても、老女であれば千両どころか百両でさえ持ち歩くのは難儀だろう。

曖昧に咲は頷いて、そっと老女の背中に手をやり、まだ引き切らぬ人混みから庇った。

「お梅さん」

美弥が温かい声で訊ねた。

「今日はお一人ですか？」

「はい。今日も私は一人でございます……」

「お美弥さん、この方をご存じなの？」

「室町にある塗物問屋、木内屋のご隠居さんよ」

美弥が言う後ろから若い声が梅を呼んだ。

「お梅祖母(ばあ)ちゃん！」
十三、四歳の少女が、人の合間を縫って駆け寄った。
「あ、お姉ちゃん」

「お姉ちゃんじゃないでしょう？　私は孫の芙美(ふみ)よ」

「芙美……」

「そうそう」

梅の手を取って、芙美は咲たちに頭を下げた。

「祖母がご迷惑を……」

「ううん。何も迷惑なんかないんだよ。でもここは人が多くて、かがんでばかりじゃ危ないから、あんたが気を付けてやっとくれ」

「はい。さあ、お祖母ちゃん、熊手を買っておうちに帰ろう。千両俵なら、熊手にもついてるわ」

「熊手に……？」

「ええ」

老女を連れて歩きながら、少女がちらりと振り向いて咲たちに目礼した。

手を振って二人を見送ると、咲は美弥に訊いてみた。

「千両俵って、店から盗まれでもしたんですか？」

「ううん。あの人の探しているのは根付よ。千両俵の意匠の」

「なぁんだ。根付ですか」

「打出の小槌と対になってる縁起物で、木内屋の家宝らしいわ。木内屋が一代であれだけの店を築いたのもその家宝のおかげだって聞いたけど……」

木内屋は、咲でも知っている室町の大店の一つだ。

「さぞかし立派な細工物なんでしょうね」

「どうかしら？　千両俵の根付なんてちっとも粋じゃないわ。きっと金か鼈甲でできてるだけのつまらない物よ」

商品にこだわりを持つ美弥らしい台詞に、咲も頷いた。

「そうですね。——さ、私たちも、お漬物を買って帰りましょうか？」

「ええ。でも、今日のところは帰るけど、約束よ？」

「約束？」

「修次さんのことよ。今度お店に来た時に——」

「お美弥さん」

「約束、約束、指切りげんまん」

歌うように咲の手を取って、美弥は自分の小指を咲の小指に絡めた。

三十路となっても、こういうところはまるで少女のようだ。

苦笑しながら、咲はわざとらしく溜息をついてみせた。

「急がないと、志郎さんが待ってますよ」

「志郎さんが待っているのはお漬物よ」

そんなことあるもんですか――

呆れたのも一瞬で、志郎のためにあれこれ漬物を物色し始めた美弥は、女の咲から見ても愛らしかった。

これも恵比寿講ならではの縁起物だと思って、咲もべったら漬を一本買い求めた。しまや福久も買って帰るだろうから、今日明日は長屋中で漬物を齧る音がしそうである。

市を抜けたところで美弥とは別れた。

熊手を抱え、竹の皮に包まれた漬物を手に提げて、一層冷えてきた夕暮れを歩く。

堀を越えたところでかじかんだ手に息を吹きかけていると、梅の言葉が思い出された。

――今日も私は一人でございます……

孫と一緒に出て来たのに、どうして梅はあんなことを言ったのだろう。

呆けていると言われればそれまでだが、梅の言葉に潜んだ孤独を咲は感じ取っていた。

何か大切な物——もしくは人——が欠けている悲しみと諦め。

自分一人だけ、取り残されてしまったような……

咲も時折、そんな想いに囚われる時がある。

それは亡くなった父母や家族で暮らした日々への懐旧かもしれないし、おそらくこれからも得ることはないだろう伴侶や我が子への未練かもしれない。

あるいは、どれだけ努力しても叶わないかもしれない夢への失意——

選んできた道に悔いはないが、一人ぽつんと部屋にいるだけで、こたえる日があることは確かだ。

長屋の木戸をくぐれば誰かが迎えてくれるだろうし、戸を叩けばいつでも話を聞いてもらえる。そうは思っても、一度染み入った寂しさを振り払うのは難しかった。

熊手を抱え直し、少し足を速めて咲は家路を黙々と歩いた。

◎

恵比須講から十日後の月末に、咲はいつも通り桝田屋の暖簾をくぐった。

奥の座敷で出来上がった品物を納め、売れた分の代金をもらうと、目を輝かせている美弥に修次とのいきさつを語った。

「……という訳なんですよ。大した話じゃないでしょう？」

「そんなことないわ。これも何かのご縁じゃないの」

何やらうきうきした声で美弥が応える。

「ご縁って……」

「お咲ちゃん、その簪の他に、修次さんが作った物を見たことがある？」

「いいえ」

「すごいのよ。笄に根付、煙管……びらびら簪なんか、そりゃあもう凝ってて——うちにも置かせてもらえないかと、少し前に、志郎さんのつてを通じてお願いしたんだけど、けんもほろろに断られちゃったわ。作った先から売れるんですもの。馴染みでもない店に置く分までは、とても手が回らないって」

手放しで褒める美弥を見て、他の作品も見てみたいと咲は思った。

「だからね、お咲ちゃん、今度修次さんに会ったら、それとなくお願いしてみてくれないかしら？　お店を見てもらうだけでいいの。それで気に入らないなら仕方ないもの」

おねだりするように美弥は上目遣いに手を合わせた。

なるほど、そういう「ご縁」か。

変に誤解した自分の方が恥ずかしくなって、咲は内心苦笑した。

「じゃあ、今度会ったら……でも当てにしないでくださいよ。こないだ会ったのだって、ほんとに偶然なんですから。大体向こうは、名前だって覚えてなかったくらいだもの」

「それは違うわ」

きっぱり言って、美弥はにやりとした。

「連れていた女の手前、とぼけただけよ。あの手の男の人が、女の顔と名前を忘れる筈がないじゃないの。お咲ちゃんのような人なら尚更よ」

「そりゃ、女の職人は珍しいでしょうよ」

女としてはともかく、職人としては修次にある程度認められたと思っていた。

「ふふ、お咲ちゃんたら」

美弥の笑みに含むところがあるのは判ったが、わざと気付かぬふりをして咲は腰を上げた。

店先に戻ると新たな客が来たところだった。美弥は急いで客に挨拶しつつ、咲に小さく手を振った。

「じゃ、またお願いね」

「はい」

既に一人の客の相手をしていた志郎は、いつも通り咲をちらりと見やって、それと判らぬ程度に頭を下げるのみだ。同じように目礼だけを返して咲は表へ出た。

今日はあまり寄り道せずに、路と勘吉への手土産に甘い物でも買って帰ろうかと、咲が日本橋を北へ渡ったところで女の声が呼び止めた。

「お咲さん」

振り向くと、女が一人、自分をじっと見つめている。

知らぬと思ったのは一瞬で、すぐに先日、修次が連れていた女だと思い出した。

「ええと――」

「紺、と申します」

「お紺さん」

黒地に椿模様の襟巻に、濃紅に蛍ぼかしの綿入れと、今日も紺の装いは艶っぽい。

「あなたは――縫箔をしてらっしゃるそうで」

「ええ、そうです」

「あたしは神田の方で、三味を教えております」

「はあ」

ただの町娘とは思っていなかったから、三味線の師匠だと聞いて納得した咲だが、急に言われて面食らった。

「その、あなた……」

苛立(いらだ)ちを含んだ声で紺は言いよどんだ。

「なんでしょう?」

「修次さんとは……」

はなから疑ってかかるような目つきに、咲の方もむっとしたものの、それを表に出すのは得策ではない。

「修次さんとは、こないだべったら市でお会いしたきりですが」

「でも、小間物屋で会ったっていうのは嘘でしょう?」

「嘘じゃありませんよ」

「でも、それだけじゃないんでしょう?」

「……それだけですよ」

咲が躊躇(ためら)ったほんの一瞬を、紺は見逃さなかった。

「嘘ばっかり」

「お紺さん、あなたね……」

美弥の勘も鋭いが、紺の方は嫉妬で鈍った「女の勘」だけに始末が悪い。

「修次さんも、あんたのことははぐらかしてばっかりで——ああもう、べったら市なんか行くんじゃなかった」

紺の勝手な言い分もそうだが、修次のあしらいの悪さにも腹が立つ。

――遊び人なら、もっとうまいこと言い包めりゃいいものを……

通りを行く者が幾人か足を止め、女同士のいさかいを面白半分に見守り始めた。

溜息こそ押しとどめたが、礼を尽くす気はなくなった。

「私と修次さんはちょっとあの双子にかかわっただけだよ。はぐらかされたのは、あんたがそうして誰彼構わず焼き餅焼くからだろうさ。大体、あの手の男は遊び人に決まってるじゃないか。あんたもそれは承知の上じゃなかったのかい？」

「あたしに退けって言ってんですか？」

「そんなこた言っちゃいないさ。でもそう聞こえたなら、あんた自身が迷ってんじゃないのかい？　そもそも男も女も、遊ぶからには遊び方を心得てなきゃいけないよ」

「遊びだなんて――」

「そうじゃないってんなら、あの人に直に確かめてみるんだね」

「あの人って――あんたやっぱり」

「いい加減にしとくれよ！」

睨み合った咲と紺の間に、「おやおや」と、初老の男がにこやかに割って入った。

「別嬪さんが往来で二人して、そんな怖い顔するもんじゃあないよ」

「どうも、すみません」

声を荒らげたことが恥ずかしくて、咲は男に頭を下げた。一方、紺は「ふん」と鼻を鳴らし、わざとらしく襟巻を直して言った。

「お騒がせしました。あたしはもう帰りますから。帰って支度しないと……今日は後で修次さんが来るんです」

「……さいですか」

呆れた咲がかろうじて応えると、紺はぷいっと踵を返して神田へ向かって歩き出す。

紺の姿が人混みに紛れてから、男がくすりと笑った。

「修次ってのは、よほどのたらしみたいじゃあの」

「まあ、見てくれは悪かないですよ」

肩をすくめて咲も笑うと、男はますます目を細めた。

「羨ましいこった……じゃあ、儂は行くよ。あんたもまた変なのにからまれないよう、気を付けてお帰り」

「ありがとうございます」

男が日本橋の方へ向かうのを、咲はしばし立ったまま見送った。

咲の長屋は神田川の手前にあるが、帰る方向は紺と一緒だ。道中でまた鉢合わせするのはごめんこうむりたい。

ちょいと店でも覗いて行くか……

立ち並ぶ店の方へ足を踏み出そうとした時、横から苦笑交じりの声がした。

「いやぁ、危ねぇ、危ねぇ」

ぎょっとして振り向くと、頬を掻く修次と目が合った。

「あんた……見てたのかい？」

「あんたが橋を渡って来たのが見えたから、声をかけようかと思ったんだが、お紺が出て来て驚いたのなんの」

「驚いたのはこっちだよ。――今ならまだ間に合う。早く行ってなだめておやり」

咲が言うと修次は更に苦笑した。

「冗談じゃねぇ。あいつとはこれきりだ」

「なんだって？」

修次の台詞に、咲は目を吊り上げる。

「後から訪ねて行くんじゃなかったのかい？」

「そのつもりだったが、もうやめだ。あいつにはもう深入りしない方がよさそうだ。お咲さん、あんただってそう思うだろ？」

遊びなら、ここらで手を引いた方がいい。

どちらに対してもそう思ったことは否めないが、他人事ながら腹立たしい。

「そうだけど、そもそもあんたが思わせぶりなのが悪いんじゃないか」

「遊びだと判ってて、入れ込んできたのはあっちの方だ。俺は執着するのもされるのも性に合わねぇ。もともとここらが潮時だったってだけさ」

「勝手抜かしてんじゃないよ。とにかく、こちとらはなんのかかわりもないんだ。とばっちりはごめんだよ。執着されるのが嫌ならああいう情の強いのは避けるこった」

「避けてたつもりだったんだが……女ってのは判らねぇもんだな」

「あんたに見る目がないだけさ」

咲が言い捨てると、修次は一瞬言葉を失ってから笑った。

「違えねぇ。俺はまだまだ修業が足りねぇな」

まったく！

この！

たわけ者が！

紺も初めは遊びのつもりだったかもしれない。紺も咲と同じく年増と言われる年頃で、おぼこだったとは思えない。だが惹かれたからこそ男女の仲になったのだろうし、一度肌身を許せば情も湧くというものだ。同じ独り身の年増として、本気になった紺の気持ちも判らないでもなかった。

「どうして女ってのは、てめぇだけは違うと思うんだろうな――」

「莫迦をお言い」

修次を睨んで叱りつける。

「そんなの男だって同じじゃないか。あんただって、俺だけは違うと高をくくってんだろう？　思い上がんのもいい加減にしな。そのうち必ず痛い目に遭うよ」

「やめとくれよ、お咲さん。あんたが言うと、なんだか本当になりそうな気がして怖ぇや。つるかめつるかめ……」

「あんた――」

怒りを通り越して、呆れかえってしまった。

それに、こいつにもまったく情がない訳じゃない……

「なんだい？」

「……あんた、千太に奉公先を都合してやったんだってね」

「ん？　ああ、ちょうど小僧を探してるのがいたからな」

少し前に気になって、わざわざ晋作長屋に出向いた咲は、井戸端のおかみたちから千太が神田明神の北にいる櫛師の家に奉公に出たことを知った。まだ十にもならぬのにと千太を案じた咲だが、口を利いたのが修次と知ってどこかほっとしたものだ。

「喜兵衛の爺の碁敵のとこで、じじばば二人きりなんだが、ここの爺がまたひでぇ頑固もんなのさ。だから弟子が居つかねぇ。——ああでも、案ずるにゃ及ばんぜ」

不安が顔に出てしまったのか、修次は笑ってみせた。

「爺は怖いが、腕は確かだ。へへ……千太のやつ、爺の作った櫛を見て目を丸くしてやがった。それに小僧を探してたのは婆さんのためさ。二月ほど前に、婆さんがちょいと身体を悪くしてね。家仕事を手伝ってくれるのを探してたんだが、爺が女子は扱いづらいってんでさ。千太はよくやってるよ。あいつは器用だし頭も悪くない。あいつにその気があるなら、そのうち爺の仕事を盗むさ」

「そうかい。……元気そうでよかったよ」

「ま、あそこにいるうちは、食いっぱぐれることたぁねぇよ」

やや胸を張って言った修次が、ふいに眉根を寄せた。

「どうかしたかい？」

咲が首をかしげると、口に人差し指を当ててから、咲の後ろを指した。

　そっと振り向くと、二十間ほど先に子供たちに囲まれた狐の飴売りがいる。飴売りがひらりひらりと面白おかしく踊るのを、子供たちが楽しげに囃し立てていた。

　その中に、例の双子の姿が見えた。

　頷き合うと、咲たちは足を忍ばせ双子の後ろに歩み寄った。

　踊りを終えて去って行く飴売りを、名残惜しげに子供たちが見送る中、歩き出そうとした双子の襟首を修次が両手でつかむ。

「わあっ」

「何すんだよぅ」

　身体をよじった双子の頭へ問答無用にげんこつをくれる。

「痛い！　修次がぶった！」

「ぶった！」

　双子が頭を抱え、修次は拳を抱えた。

「莫迦野郎。痛ぇのはこっちだ。二人ともなんてぇ石頭だ」

　修次が言うと、双子は顔を見合わせて小さく笑った。

「石頭」

「石頭だって」

「こら、あんたたち！　笑ってないで神妙にしな！」

仁王立ちになって咲は叱ったが、双子は怖がりもせず咲を見上げる。

「咲だ」

「咲もいた」

「あんたたち――私らの名を知ってるのかい？」

「知ってるさ。縫箔師の咲」

「錺師の修次」

双子が交互に言うのに咲は目を見張ったが、千太にでも聞いたのかと勝手に合点して、
逆に問うた。

「あんたたちは、名はなんてんだい？」

左側の子が先に応えた。

「おいらはね、おいらは、しろ」

「おいらは、ましろ」と、右側の子も応える。

「しろとましろか……面白ぇな」

拳をさすりながら修次が言った。

「面白いのは結構だけどね……しろにましろ、あんたたち、もうあんないたずらするん

じゃないよ。いたずらも過ぎると、げんこどころかお縄になっちまうんだからね」

咲が睨みつけると、双子は再び顔を見合わせ、二言三言、ひそひそ言葉を交わしたのち、咲を見上げて応えた。

「はぁい」

「はぁい」

「それから」と、咲は続けた。「大人を呼び捨てにすんじゃないよ。私らのことはちゃんと、修次さん、お咲さんって呼びな」

これには双子はきょとんとして、互いを見やってから、しろが問うた。

「どうして？」

「どうしてって……」

「じゃあ、修次もおいらのこと、しろさんって呼ぶ？」

「咲もおいらのこと、おましろさんって呼ぶ？」

「そんな訳ないだろ。あんたたちは子供で、私らは大人なんだから……大体、おましろさんてなんだい――」

咲が腕組みする横で、修次が噴き出した。

「ははっ、面白ぇなぁ、お前たち。俺は修次で構わねぇよ。俺もお前らを、しろ、ましろ、って呼ぶよ」

「修次さん……」

咲が呆れたところへ、ふらふらと腰を曲げて通りを行く老女が目に入った。

べったら市で見かけた梅だ。

下ばかり見て歩いている梅が、振り売りの桶に当たりそうになって咲は慌てた。

「とにかく、もう悪さすんじゃないよ」

精一杯の大人の威厳と共に言ってから、咲は梅の方へ駆けて行った。

◎

よろめきながらも踏みとどまり、梅は辺りを見回した。

途方に暮れた顔の梅に咲は声をかけた。

「お梅さん。お梅おばあさん」

梅は咲を見上げて、曖昧に微笑んだ。

「あら……ええと……」

「咲、と申します。先日、べったら市でお会いしました」

「ああ、そうでした。お咲さん。……あなたも確か、探してらっしゃるんでしたね？」

「あ、いいえ私は――」

否定しかけて、話を合わせた方がいいと思い直す。

「はい。私も探しているんです」

「まあ、あなたも千両俵を……？」

そうだった。

お梅さんは「千両俵」を探してるんだった。

「私はその……千――千石船を探しております」

千両俵と言われてつい、先日買った熊手の宝船を連想してしまった。

ぷっ、と笑いをこらえた音がして咲が振り向くと、いつの間にかしろとましろ、そして修次が傍にいた。

「千石船たぁ、またでけぇ物を失くしたな」

「うるさいね」

小声で修次を咎める間に、しろとましろが口々に梅をからかう。

「千両俵なんて落ちてないよ」

「あんなおっきい物、失くしようがないもの」

「そんなの初めからなかったのさ」

「いくら探しても見つからないよ」

双子の言葉に、梅はみるみる瞳(ひとみ)を潤ませた。

「あんたたち!」

たしなめる先から手が出てしまった。

ぺちん、ぺちんと頭をはたかれて、双子はそれぞれ頭に手をやった。

「咲がぶった!」

「ぶった!」

なるほど、こりゃ確かに石頭だわ――

はたいた手がじんわり痛むのを隠して、咲は腰をかがめた。

二人と同じ目の高さになると、梅に聞こえないよう、声を低めて言い聞かせる。

「あんたたち、あんまり心無いこと言うんじゃないよ」

「だって、このばあさん呆けてるんだよ」

「呆けてるから、いつもこうしてうろうろしてるんだよ」

不満げに、だが咲に倣って、双子は声をひそめて言った。

「だからといって、あんたたちがからかっていいって道理はないよ。この人はね、あんたたちより――私より、ずっと長いこと生きてきたんだ。人は年を取ると、いろんなところにがたがくる。身体が利かなくなるか頭が利かなくなるか……でもそれは、その人が悪いんじゃないんだよ」

家族のことさえ思い出せない老人を、咲は幾人か知っている。彼らはすっかり忘れてしまったように見えても、ふとした折に大切な人や想い出のことを口にすることがあった。千両俵の根付も同じで、夫と店を支えてきた梅には想い出深い品なのだろう。

「あんたたちだって、年を取ったら、互いのことを忘れちまうかもしれないよ？」

咲が言うと、双子は真顔になって互いをじっと見やった。

「おいらは、しろを忘れないよ」

「おいらも、ましろを忘れないよ」

しっかと手をつなぐと、双子は咲に向き直って応えた。

「おいらたち、忘れないよ」

「忘れるもんか」

「だっていつも一緒だもん」

「ずっと一緒だもん」

そりゃあんたたちは、今は子供だから……

つぶやいた台詞は心の中だけにとどめておいた。

双子だけあって、普通の兄弟よりも絆（きずな）が強いのかもしれない。口々に抗議するしろとましろに咲は微笑んで、なだめるべく両手でそれぞれの頭を撫（な）でてやる。

「そうだね。あんたたちはこんなに仲良しだものね」

双子がようやくにこりとした後ろで、梅も微笑んだ。

「私も……お姉ちゃんと、ずっと一緒……」

――そういえば、べったら市でもお孫さんをお姉さんと間違えてたっけ。

「お姉さんがいらっしゃるんですね？」

しかし梅の応えは咲の予想に反したものだった。

「……いいえ。私に姉はおりません……」

「え？」

「もう、どこにもいないのでございます」

「お梅さん――」

「千両俵も……もう……どこにもないのでございます……」

泣き笑うように顔を歪（ゆが）めて、梅はおぼつかない手で懐から巾着（きんちゃく）を取り出した。

大店の隠居には似つかわしくない、木綿の古ぼけた小さな巾着だ。元はおそらく鳶（とび）色だったのだろうが、随分色あせてところどころ染みまであった。

表には藤を象った縫い取りが入っている。といっても、咲とは比べものにならない素人の針で、糸も瑠璃紺の一色だ。

背守りだ、と咲にはすぐに判った。

生地の傷み具合から見て、おそらく梅が子供だった頃の着物を、背守りの部分だけ残して巾着に作り替えたのだろう。

ちょうど先だって、長屋の路に頼まれ、背守りを縫う手ほどきをしたばかりだった。

背守りは子供の無事を願い、魔よけとして背中に縫い取るものだ。咲が縫った方が早く綺麗に仕上がるが、どんなにつたない針でも母親自身が縫った物には敵わない。

お梅さんのおっかさんもきっと、お路さんのように一針一針、お梅さんのことを想いながら縫ったに違いない……

梅の名前といい、藤の背守りといい、花を愛する母親だったのだろうと咲は思った。

そんな巾着の中から梅が取り出したのは、打出の小槌の根付だった。

だがそれは美弥が想像したような金でも鼈甲でもなく、巾着同様に古ぼけた木彫りの安物だった。一寸強の打出の小槌に、これまた色あせた紫色の紐がついている。そこらの小間物屋でいくらでも手に入りそうなありふれた物だ。

「これを振ると、千両俵が出てくるのでございます……」

巾着の上に載せた根付を愛おしげに撫で、梅が言う。

「でも、もう……」

「おいらが振るよ」

覗き込んだしろかましろか、どちらかがひょいと梅の手から根付を奪った。

「あっ……」

「こら！」

咲が伸ばした手をすり抜けて、取った根付をもう一人に放る。

受け取ったしろかましろかどちらかが、紐を持って振り回しながら歌い出した。

「打出の小槌をちょいと振りゃ」

「ちょいと振りゃ」

「大判小判がざっくざく」

「ざっくざく」

簪の時のように逃げはせず、双子はそれぞれ梅の手を取ると歩き出した。

「一振り、千両！」

「一振り、千両！」

「二振り、万両！」

「二振り、万両！」

「大判小判がざっくざく！」

最後に声を合わせると、きゃっきゃと根付を取り合った。

「あんたたち――」

たしなめようとした咲を、修次がさえぎる。

「いいじゃねぇか。ただのおふざけだ」

「悪ふざけじゃないか」

「そんなこたないさ。――見てみな」

修次がしゃくった顎の先には、顔をほころばせた梅がいた。

「あなたがたは一体、どちらさまで……？」

「おいらは、しろ」

「おいらは、ましろ」

胸を張って応えたしろとましろに、梅は目を細めた。

「そう……しろさまに、ましろさまでございますね……」

梅が言うと、双子はちらりと互いを見やって同時に言った。

「そうだよ、梅さま」

くっ、と修次が苦笑して咲を見た。

「なんだい、その顔は」

「いいえ、なんでもござんせん――」

にやにやしながら修次が言うのをよそに、梅が双子に訊いた。

「しろさまとましろさまは、どうしてこの歌をご存じで……？」

「おいらたち、いろいろ知ってるんだよ」

「いっぱい、知ってるんだよ」

梅は双子を見つめて、それからゆっくり微笑んだ。

「それは重畳でございますこと……ほんに、懐かしい……ありがとう存じます……」

双子も目を細め、笑顔と共に根付を梅に返した。

根付を握り締めた梅の袖を引くと、先導しながら再び歌い出す。

「打出の小槌をちょいと振りゃ」

「大判小判がざっくざく」

「ちょいと振りゃ」

「ざっくざく」

飴売りより軽やかに、弾んだ足取りで踊りながら双子は通りを練り歩いて行く。

「……ざっくざく……」

嬉しげにつぶやいて、梅も双子の後を追い始めた。

「お梅さん、この歌は――？」

咲が問いかけると、梅は根付を掲げて少女のような笑みをこぼした。

「やぁだ、お姉ちゃん。忘れちゃったの？」

「あの」

「いつも、一緒に歌ってたじゃあないの。私が小槌を振ると、お姉ちゃんの千両俵がころころと……大判小判がざっくざく……」

澄んだ目で言われて、咲はただ頷くしかなかった。

やっぱりお姉さんがいるんだ。

いや、「いた」けど、今は「いない」んだ……

対になっているという根付は、打出の小槌を梅が、千両俵を姉が持っていたのだろう。

梅の家である木内屋は、一代で大店を築いた成り上がりだ。梅の出自を咲は知らないが、今の暮らしに至るまでの苦労は並大抵ではなかったろうと想像できる。

「お姉ちゃん、早く」

梅に手招かれて、咲は三人の後に続いた。修次も咲に足を揃えてのんびりついてくる。

双子は子供なりに梅の足を気遣っているようだ。歌いながらも、行き過ぎたと思うとくるりと戻って来て、それぞれ梅に笑顔を向ける。

「一振り、千両！」

「一振り、千両！」

「二振り、万両！」

「二振り、万両！」

双子の可愛らしい声に、修次の他、通りを行く者や店先の者が合いの手を入れていく。

「修次さんまで……」

「景気のいい歌じゃねぇか。それにあいつら、帰り道を知ってるみてぇだ」

修次に言われて前を見やると、確かに木内屋へ続く道のりではある。

並ぶ店先の者たちも、梅のことは見知っているらしい。「今日は賑やかですねぇ」などと、かけられる声に、梅は一人一人会釈しながら通り過ぎる。

とにかく、お梅さんを木内屋へ送ってから帰ろう。

そう決めて梅たちの後を追う咲へ、修次が訊いた。

「お咲さんは、今日はどうして日本橋に？」

「作った物を納めに来たのさ。修次さんと違って、私にゃ口利きもいないし、引く手数多でもないからね。――橋向こうの、万町の桝田屋って小間物屋にいろいろ置かせてもらってるんだよ」

「万町の桝田屋か……聞いたことあるな」

「美人の後家が主をしてるから、暇があったら覗いてみな」

美弥は怒るだろうが、品ぞろえの良さを説くよりも、美人後家の方が修次の気を引くだろうと思って言ってみた。

「へぇ……」と、案の定、興を覚えた様子で修次が応える。

修次は美弥とべったら市で顔を合わせているのだが、修次が桝田屋を知らぬのなら、今あえて明かさずともよいだろう。

「お咲さんの景気はどうだい？」

「悪かないよ。恵比寿さまのおかげかね」

女職人だからと莫迦にされている気がして、咲は心持ちつっけんどんに応えた。

「そりゃよかった。あんたの腕は確かだが、このご時世、腕だけじゃあ生き残るのは難しい。馴染みの店があるなら安心だ」

修次の声に嫌みは少しも感ぜられなかった。

「……そうだね。桝田屋にはよくしてもらってるよ」

女一人でやってきて、決めつけられるのを嫌う自分が、修次の言葉裏を決めつけたことを咲は恥じた。

「お姉ちゃん、お姉ちゃん」

先を行く梅が数歩戻って来て、手にした根付を振ってみせた。

「千両俵はどこ？　ほら、打出の小槌を……ちょいと振りゃ――」

「ええと……」

咲が返答に困ると、梅の目がすうっと曇る。

「……失くしちゃったの？」

声を震わせた梅が憐（あわ）れで、咲は慌てて取り繕った。

「失くすもんか。でも今日は、おうちに忘れてきちゃったんだよ」

「おうちに……」

「そうなんだよ。だから早くおうちへ帰ろう」

咲が言うと梅は困惑した目を向けたが、双子が戻って来ると口元に笑みを浮かべた。

「しろさま、ましろさま……」

「梅さま、こっち」

「梅さま、行こう」

双子に手を引かれ、梅は笑顔を取り戻した。

ほっと胸を撫で下ろしたところへ小間物屋が目に入って、咲は足を止めた。

美弥の店とはまったく違う、間口一間の雑多な店だ。店先には土産物屋のごとく、ところ狭しと商品が並べられている。櫛や簪が並んだ箱の隣りに一つざるがあり、いくつかの根付がまとめて放り込まれていた。

その中に一つ、千両俵を象った木彫りの根付があった。

思わず手に取り眺めると、梅の打出の小槌と同じくらいの大きさで紐の色も紫だ。もちろんこちらは新品だが、記憶の混乱している梅なら誤魔化せそうな気がした。

梅は今、咲のことを姉だと勘違いしている。自分がこの根付を渡せば、梅は喜んでくれるだろうし、この先うろつくこともなくなるのではないか……と、咲は思った。

「これを」

おくんなさい——

そう言おうとした咲の手を、修次の手がそっと止めた。

「やめときな」

「修次さん」

「そんなのは代わりにならねぇよ」

「判ってるさ。でも——あまりにもお気の毒じゃないか」

「姉貴のふりした誰かに騙される方が、よっぽど気の毒だと思うがな」

諭すというよりも、つぶやきに近い修次の言葉が胸に刺さった。

「……あんたの言う通りだ」

自分の浅はかさに嫌気がさして、咲は根付をざるに戻すと店先を離れた。

木内屋からそう遠くない小間物屋だ。家族や店の者だって、ここで根付を売っていることを知っているだろう。ここでなくとも、似たような意匠の根付はいくらでもある。

また、梅は孫でさえ姉と勘違いしたことがある。ならば咲と同じように、姉を装い、そこらの根付を梅に買い与えようとした者が今までにもいたに違いない。咲が今それを繰り返したところで、梅を騙せるのはほんのひとときだ。呆けていても、偽物だと判った時は傷付くだろうし、再び町へ出て千両俵を——姉の面影を探し始めることだろう。

私ならうまく騙せるんじゃないか——？

一瞬でもそんな風に思った自分に腹が立った。

——思い上がりもはなはだしい。

少し離れてしまった梅たちを、足早に咲は追った。

咲のやや後ろをついて来る修次の足音は、変わらずどこかゆっくりしていて、それが咲を余計に苛立たせる。

木内屋が見えてくると、しろとましろは梅の手を放した。

「おいらたち、もう行くよ」

「おいらたちも、帰らないと」

並んで手を振った双子へ、梅は深々と頭を下げた。

「しろさま、ましろさま、おありがとうございます……」

双子が顔を見合わせる。

「しろさま」

「ましろさま」

互いを呼び合い、ふふっと笑うと、双子は咲たちには目もくれずに駆け出して行った。

双子が人混みに紛れて行くのを見送った梅が、振り向いて咲に歩み寄って来た。

「お姉ちゃん、私たちも帰りましょう」

伸ばされた梅の皺だらけの手を、咲は両手で包んで言った。

「お梅さん……私は——私は、咲と申します」

まじまじと咲を見つめてから、はっとして梅は手を引っ込めた。

「そうでした……お咲さん……そうでした……」

目を落として、梅は両手で祈るように根付を握り締める。

「木内屋はすぐそこです。玄関までお送りいたします」

「いいえ」

目を落としたまま梅は首を振った。

「一人で帰れます……ご心配はご無用でございます……」

「お梅さん」

「一人で……一人で帰ります……」

根付を胸に抱き、くるりと背を向けると、梅は木内屋の方へ歩いて行く。

双子に連れられていた時とはうって変わった丸い背を見送りながら、咲は唇を噛んだ。

店先にいた手代が梅に気付き、手を取って家の中にいざなうのを見届けてから、咲が踵を返すとちょうど後ろにいた修次にぶつかりそうになる。

とっさに伸ばされた修次の手をかわし、咲はわざとらしく襟巻を整えた。

「冷えてきたね」

「ああ。……なんならそこらで一杯やってくかい？」

咲は酒は嗜む程度で滅多に飲まない。

でも今日みたいな日は――

一杯飲んで気を紛らわせたいと思わないでもなかったが、それを修次に見透かされたのかと思うと癪だった。

「……そんな気分じゃないんだよ」

「そうかい」

肩をすくめて、修次は微かに口の端を上げた。

「俺はそんな気分だよ」

「勝手におし。私はもう帰るよ」

「おう。気を付けてな」

「あんたこそ、酔って変な女に引っかからないよう気を付けるんだね」

「はは……」

修次は笑ったが、咲はおかまいなしに歩き出した。

日暮れにはまだ早い。

大通りには行き交う者が引きも切らないというのに、何故か自分だけこの世から切り離されてしまったような物悲しさに咲は足を速めた。

いつか梅のように老い、梅と同じように家族も判らぬほど記憶が薄れてしまったら、自分は最後に誰を、何を思い出すのだろう。

誰が一体、己の手を引いて家に連れ帰ってくれるのだろう。

今日みたいな日は、がらんとした長屋の戸を開くのが辛い。

だが人恋しさに流されて、寂しさをさらけ出すのを咲は嫌った。

――特に修次のような男には。

ただお梅さんは……

咲と違い、子供や孫、店の者など、迎えてくれる者がたくさんいるというのに、自分を「一人」だと言う梅が、咲にはどうにも切なかった。

帰り道で土産の饅頭は買ったものの、「一緒に食べよう」と言った路の誘いは断った。

なんの手助けもできないが、今日は梅と共に「一人」でいたいと咲は思った。

◎

翌朝、四ツの鐘も鳴らぬうちに長屋に志郎が現れ、咲を驚かせた。

「朝からすみません。主に言われてお客さまを一人お連れしました」

人前では志郎は美弥を「主」「女将さん」と呼ぶ。

二人きりの時でさえ「お美弥さん」とは呼ばないのだろうかと、つい考えてしまった咲だったが、客を木戸の外に待たせていると聞き、慌てて手早く身づくろいした。

客はまだ若い——おそらく二十二、三歳の女だった。美弥ほどではないが、派手な着物を着ていなくても華やかさがある。身に着けているのも上等な物ばかりだ。

「深川にある料亭、幸久からいらしたお多恵さんです」

深川に馴染みのない咲はその料亭を知らなかったが、多恵の身なりや駕籠を待たせているということから、大店なのだろうと踏んだ。そもそも縫箔入りの小物など、金銭に余裕がなければ買えないものだ。

「それでは私はこれにて……」

愛想笑いの一つもこぼさず志郎が辞去すると、多恵が改めて頭を下げた。

「早くから申し訳ありませんが、直にお願いしたくて朝一番に出て参りました」

「いいえ、ありがたいことでございます……」

月半ばに控えた髪置きの儀に、祖母からひ孫へ着物を贈りたいとのことである。

「妹の娘が今年三つなのです。祖母はもう一年ほど寝たきりで……本当は自分で縫いたかったそうなんですが、身体が利かず、そんな折に叔母からお咲さんの作った財布を見せてもらい、是非お咲さんにと」

浅草の料亭・豊久の女将が、多恵の叔母だという。

「着物はもう仕立て上がっております。お咲さんにお願いしたいのは背守りです」

多恵が、たずさえて来た風呂敷包みを開いた。

広げられた子供の着物は鳶色で、木綿の無地。仕立ては丁寧だが、袷でも大店の子供が着るには質素な物だ。

咲の胸を一つの予感が走り抜けた。

「そしてこちらが……うちには大切な物なので置いて行くことはできません。お目汚しかもしれませんが、絵では判りにくいかと思い、持参することにしました。刺繍はお任せしますが、意匠はこちらと同じ物にしていただきたいのです」

同じ風呂敷包みの中にあった桐の箱を取り出し、蓋を開けると、多恵はそぅっと中身を広げた。

褪せた鳶色の着物の背に、瑠璃紺の糸で縫われた梅の花。

少し詰まった針の目は、昨日見た藤にそっくりだ。

「形だけでいいのです。女の子ですから、背守りくらい華やかでもいいだろうと祖母が言いまして。ひ孫は四人目なのですが、上の三人が男だからか、祖母がことのほか気にかけているのです。うちは女系で、三代、女ばっかりでしたから……」

苦笑した多恵へ、頷きながら咲は問うた。

「こちらは、お祖母さまが着ていらした物ですか？」

「はい。背守りは祖母の母の手によるものだそうです。祖母は若いうちに、大変な苦労をして雇われの料理人だった祖父に店を持たせました。ぼろをまとえど心は錦（にしき）……そう思って身を粉（こ）にして店や家のために尽くしてきたのだと、事あるごとに母は言います。幸久は三代目となりましたが、祖父の腕前はもとより、祖母の采配（さいはい）がなければここまでやってこられませんでした」

　誇らしげに言う多恵からは、祖母に対する深い敬慕の念が感ぜられた。

「祖母の家は、祖母がまだ小さな頃に離散したそうです。祖母は身一つで祖父に嫁ぎました。嫁入り道具の代わりに祖母がたずさえてきたのが、この着物と――」

「千両俵の根付……」

　咲がつぶやくと、多恵は目を見張った。

「あなた、どうしてそれをご存じで？」

「もしやお祖母さまのお名前は、藤（ふじ）ではございませんか？　妹さまが一人いらして、お名前は梅……」

「まあ――」

　絶句した多恵に、咲は梅のことを語った。

梅が千両俵を探していること。

巾着に藤を象った背守りが入っていること。

老いて記憶を失いつつも、いまだ姉の面影を追い求めていること……

「昨日お会いした時は私を、十日ほど前に、べったら市で初めてお会いした時はお孫さんを、お姉さんだと勘違いしておられました。しかしふとすると、お姉さんはもうどこにもいないと……お梅さんは、お姉さんが——お藤さんが生きていらっしゃることを知らないのではないでしょうか？」

「そうですか。べったら市で……」

目を落とすと、多恵は風呂敷とは別に手に提げて来た巾着を開いた。巾着の紐の内側にぶら下がっていた根付を取り出し、手のひらに載せて咲に見せる。

千両俵の根付だった。

木彫りの千両俵が三つつながった物で、紐はやはり紫色である。昨日、咲が小間物屋のざるの中で見つけたものと、ほとんど変わらぬ安物だ。しかし、梅のほどではないが、多恵の持っているそれも紐が色あせ、年季が入っているのが見受けられる。

「五つの時に、祖母からもらいました。恵比寿講の土産です。私の妹には、お揃いの打出の小槌を……祖母にも母にも、縁起物だからけして失くさぬよう、大事にするように散々言われて育ちました。でも見るからに安物でしょう？　持ち歩いてるのをよその人に見られるのが恥ずかしくて、こうして巾着の内側に――」
　苦笑と共に、潤んだ目で多恵は根付を見つめた。
「成り上がりの、ただの縁起かつぎだと思っていました。叔母も母も対で持っています
し、祖母が自分のを本当に大事にしているのを知っているので無下にもできず……でも、
祖母の言った通り。これはお金以上の物を与えてくれる縁起物だったんだわ……」
　――多恵に頼まれ、咲はその日のうちに深川の料亭・幸久を訪ねることとなった。
　仲立ちとなって両家を行き交って、咲は二人の老女の生い立ちを知った。
　藤と梅は川越にあった煮売り屋の姉妹で、藤が七歳、梅が五歳の時に父親が卒中で亡
くなった。母親は女手一つで煮売り屋を続けたものの、二年後に過労で倒れ、やはり帰
らぬ人となった。母親の死後、藤は叔母のつてで王子にある料理茶屋へ、梅は叔母のも
とへと引き取られていったという。
「この時、互いを忘れぬために、母が背守りを入れてくれた着物を交換しました」
　幸久で会った藤はそう言って微笑んだ。
　自ら起き上がるのがやっとなほど身体は衰えているが、孫婿に頼まれて帳簿を見たり、
ひ孫と一緒に素読を学んだりと、頭の方ははっきりしている。
「王子といえば、子供の私たちには異国に等しく、今生の別れのように思えました。実

際、奉公人としてではなく、もらわれていった私には藪入りもなく、あれから妹には会えずじまいで……」

そうして五十年以上もの月日が流れていったのである。

藤が料理茶屋に引き取られて四年目、主の道楽が原因で店が潰れた。主夫婦が夜逃げした後、十三歳になっていた藤は近所の店の口利きで巣鴨の料亭の奉公人となった。のちに二つ年上の料理人・幸次郎と想い合うようになったものの、幸次郎の腕を惜しんで暖簾分けの約束をうやむやにした主に愛想をつかし、二人して店を出た。

「牛込に小さな店をかまえましたが、うまくいきませんでした。夫は料理人としての腕は確かでしたが、それだけでは店は立ちゆきません。また、前の主から何度か嫌がらせも受けまして、牛込に見切りをつけ、しがらみのない深川に移って参りました」

藤は二十六歳に——今の咲と同じ年になっていた。

既に生まれていた二人の子供を抱え、料理以外の一切を藤が引き受けた。飯屋から始めた店を今の料亭にするまで、さらに二十年を費やした。

一方、叔母に引き取られた梅は十歳にならぬうちに、ひどくなるばかりの叔父の暴力に耐えかねた叔母に連れられ、千住へ越した。千住には祖母と叔母の従兄弟がいたが、とても豊かとはいえない暮らし向きで、叔母も梅も毎日必死に働いた。

「けれども暮らしは傾いていく一方で、叔母は三十路にならぬうちに亡くなり、母ももう飯盛り女にでもなるしかないという時に、漆器商人だった父と出会ったそうです」

その昔、母親からそう聞いたと、木内屋の主にして梅の息子の勝介は言った。

「私も子供の頃を覚えております。行商から始めてやがて小さな店を持ち、今のお店になるまでそりゃもう大変でした。なのに、隠居してほんの一年で父が亡くなり、それから母は少しずつ物忘れが目立つようになって……」

藤も梅も互いに消息を尋ねたことがあったが、どちらも見つけられずに終わっていた。

「まさか……まさか、こんなに近くにいたなんて――あの木内屋さんが、お梅の建てた店だったなんて……」

そう言って藤は声を詰まらせたものだ。

孫の多恵に言いつけ、藤は手文庫から取り出させた千両俵の根付を咲に見せた。

「これは父が、仲間と行った恵比寿講の土産に買って来てくれたものです。妹が打出の小槌を振り、私が千両俵を転がし……いつかお金に困らない暮らしを夢見て……」

藤が流した涙を、多恵がそっと拭き取った。

「父母は、そんな私たちを笑って見ていました。貧しかったけれど、私たちは幸せでした。母の作る物はどれも美味しいと評判で、父の売り声は明るく威勢がよくて……千両どころか一両小判さえ家にはなかったけれど、不幸だと思ったことはなかった」

ぼろをまとえど心は錦。辛い時には着物と根付を取り出し、他愛ない歌で笑い転げた幼少の頃を思い出したと藤は言った。

「母は料理は得意でしたけど、縫い物はさっぱりで……お咲さん、あなたも見た通り、縫い目がちまちましている割には、線ががたがたで」

「ええ」

咲が微笑むと藤も苦笑した。

「私たちが笑うと母も笑って——母が縫い物をしたのはあれきりです。店があるからと産着も人任せだったのに、あの時は何を思いたったのか……でもあの背守りがこうして、お咲さんを通して妹へ導いてくれたのだから、本当に不思議なご縁ですこと……」

◎

梅が深川へ向かったのは、髪置きの儀の前日だ。

駕籠も舟も嫌う梅には、孫の芙美と咲、そして少し離れて手代が二人、伴として徒歩でついて行くことになった。手代が背負う行李には木内屋が持たせた手土産の他、咲が背守りをほどこした着物が入っている。

曇り空で吐く息は白いが、雨でないだけありがたい。

室町の木内屋から深川の幸久まで、半里ほどの道のりだ。寒い、寒い、と言っていたのは初めのうちだけで、江戸橋を渡る頃にはほんのり身体が温まってきた。

芙美が先導しているからか、やや腰は曲がっているものの、梅の足取りはしっかりしたものだ。

「芙美ちゃん、今日はどこまで行くの？」

「深川よ。幸久って、とっても美味しいお店があるんですって。そこでお昼をいただきましょう」

木内屋を出てから既に五、六回は繰り返されているやり取りだ。

その度に芙美は、あたかも初めて問われたかのごとくにっこり応える。

今年十四歳になったという芙美は、三人兄弟の末っ子で、幼い頃から梅に懐いていたという。梅が呆け始めたのは二年ほど前からだが、手習いや店の手伝いの合間とはいえ、梅の面倒を一番見ているのは芙美だ。

なまじ足腰が利くから、迷子になって連れ戻したことは幾しれず。何度も同じことを訊かれたり、突然他人扱いされたりするのは辛いに違いないと咲は思うが、芙美のあしらいは慣れたものだ。梅の人柄もさることながら、これまでの恩と信頼があればこそ、少女なりに梅に尽くしているのだろう。

「そう……今の季節なら、何が美味しいかしら？」

「今日は板長さんにお任せよ。きっとすごく美味しい物をご馳走してくださるわ」

「それは楽しみね……こちらは？」

「こちらは、縫箔師のお咲さんよ」

「そうでした、そうでした。お咲さん……」

「お咲さんは、幸久へ着物を届けに行くのよ。梅の背守りの入った着物よ」

芙美が言うと、梅は目をぱちくりしてからはにかんだ。

「私の名も梅と申します……ですから、私の母もその昔、梅の背守りを着物に縫ってくれました……お姉ちゃんには藤の花……」

「そうよ。そのお姉ちゃんに会いに行くのよ」

「お姉ちゃんに……？」

芙美が頷くと梅は一瞬困惑した顔をしたが、やがて曖昧な笑みを浮かべると、前を向いて歩き始めた。

ゆっくりと後を行く咲の耳に、微かな鼻歌が聞こえてくる。

切れ切れで、知らなければとても歌とは思えないそれは、あの、しろとましろが歌っていた――梅と藤にとっての想い出の遊び歌だった。

気持ちよさそうに歩いて行く梅から少し離れ、振り返った芙美が咲に言った。

「お咲さんは独り身だと聞きました」

まあ、言いにくいことをさらりと……

明け透けに問われて面食らったが、芙美に悪気はなさそうだ。

「まあね。仕事にかまけてるうちに行き遅れちまって」

苦笑すると、不躾だったと気付いたらしく芙美は慌てて付け足した。

「そのぅ……もったいないと思って」

「もったいない？」

長屋のしまと同じく、芙美のような小娘にまで独り身を嘆かれているのかと思うと、なんとも複雑な気分である。

が、それは咲の思い過ごしだった。

「私、桝田屋でお咲さんの作った物を見せてもらったんです。どれもすごく丁寧で綺麗でした。華やかなのも、そうでないのも――」

「桝田屋までわざわざ行ったのかい？」

「ええ。だって女の職人さんなんてそうそういないから興味が湧いたんです。今日はお多恵さんの叔母さん——豊久の女将さんもいらっしゃるって聞きました。着物の背守りを見るのも楽しみだけど、寒椿のお財布も是非見せてもらいたいと思っているんです」

咲の作る物は大人向けだが、娘盛りを迎えようとしている芙美に褒められるのは悪い気はしなかった。

「だからその……お子さんがいらっしゃらないなら、お弟子さんを取らないともったいないと思うんです」

躊躇いながらも一途に言う芙美に、咲の顔はほころんだ。

「ありがたいこと言ってくれるね」

「それにお咲さんなら、女のお弟子さんも入りやすいと思うんです。女だって、職人になりたい子はきっといると思うんです」

「……お芙美ちゃん、あんたは縫箔をやりたいの？」

もしもそうなら、手ほどきするのにやぶさかではない。才があるなら、それを伸ばしてやるのも職人としての自分の務めでもあると思う。

しかし咲の期待に反して、芙美は首を振った。

「ううん、私は……私は塗物の勉強がしたいんです。でも、うちに出入りする職人さんたちはみんな気難しくて——そりゃ、私には職人になるだけの才はないかもしれないけど、職人になれなくても塗物屋の娘だもの。もっともっと塗物のことを知りたいんです。でも職人さんたちも兄たちもみんな、女は職人にはなれない、どうせ嫁に行くから目利きになる必要はないと、初めから決めつけてるんです」

　ぷっと頬を膨らませた芙美は、まるで若い頃の自分を見ているようだ。

「初めから決めつけられるのは腹が立つね」

「そうなんです」

「——お芙美ちゃんがその気なら、塗物師のところに案内してあげるよ」

「本当ですか？」

「ああ。弟が塗物師に弟子入りしてるのさ。師匠は厳しい人だから仕事場は見せてもらえないだろうけど、話もしてくれないような石頭じゃないよ」

「嬉しい！　お咲さん、ありがとう。——弟さんは塗物師になるの？」

「うん。うちは父親が蒔絵師（まきえし）でね。もう二十年も前に亡くなったけど、元一（もといち）って名で、そこそこいい仕事をしてたのさ。弟が弟子入りしたのは、父の仲間のとこでね……」

　言いかけたところへ、梅が振り向いた。

「芙美ちゃん、あれですよ……あの……お月見のお重箱」

「え？」

「あのお重箱が元一さんのです」

絶句した咲をまっすぐ見つめた梅は、少し前と違い、大店の隠居らしく凛(りん)としている。

「あまりにも見事な出来栄えだったので、夫が店に出すのを惜しみ、うちで使うことにしたんですよ。あれのおかげで花見弁当ならぬ月見弁当を、無月でも雨月でも楽しませていただいております」

「あのお重箱を作ったのが、お咲さんのお父さま……」

芙美が語ったところによると、それは大きめの二段重ねの重箱で、薄野(すすきの)に昇る満月が描かれたものらしい。

仕事中は近付かぬよう口が酸っぱくなるほど言われていたし、紙帳(しちょう)の中は謎(なぞ)に包まれていたが、出来た物は時折、店に納める前に見せてもらえた。

金銀が織りなす静かで美しい世界――

幼い目に焼き付いた父親の作品が、自分の縫箔に大きな影響を与えていることは想像に難くない。畑は違うが、父親と同じように細工の美しさを追い求める職人になった自分を、咲は仄(ほの)かに誇らしく思った。

――おとっつぁんはどうだろう?

今の私の仕事を、おとっつぁんは褒めてくれるだろうか。

いいやきっと……

――この程度で一人前なんて、笑止千万だ。ちょっと小物が売れたからって慢心するんじゃない。縫箔師を名乗るなら、役者の着物でも仕上げてからにしろ――

そんな風に、淡々と己を諭したのではないかと咲は思った。

父親がよその親のように声を荒らげているのを、咲は聞いたことがない。咲の覚えている父親は、常に静かで、人より自分に厳しい男だった。

父親を亡くしてじきに二十年になる。

母親と苦労した日々の方が忘れ難く、父親の面影を思い出すのは命日か弟妹の集う年に二度の藪入りくらいだ。声も姿も、もうおぼろげにしか思い出せない。

「……今度、その重箱を見せていただけませんか？　父は私が七つの時に亡くなったので、私は数えるほどしか、父の作った物を見ていないんです」

「ええ、もちろんです。元一さんは確か、安永二年の疫病で亡くなったのでしたね。あの時は腕のある職人さんが何人も亡くなって……うちももっと元一さんとお取引したかったのですけれど残念でした。お悔やみ申し上げます」

深々と頭を下げられて咲は慌てたが、身体を起こした梅は束の間きょとんとして、照れくさげに襟巻に手をやった。

「芙美ちゃん、私、お腹が空いたわ。そこらでお団子でも食べましょう」

「駄目よ。深川までは我慢して」

何事もなかったかのごとく、芙美は梅の手を取って歩き出す。

「深川……？」

「そうよ、幸久っていうとっても美味しい料亭があるの。今日はそこでお昼をご馳走になるのよ」

「それはそれは……どうもご馳走さまでございます……」

振り返って自分に会釈する梅に、咲もぎこちなく会釈を返した。

――梅の到着を、藤は座って待っていた。

一人では座っておれないため、幾重にも重ねた布団を背もたれとしている。横座りでも足を曲げているだけで辛かろうに、薄化粧をした藤の顔は穏やかな威厳に満ちていた。

幸久は入母屋造りの平屋で、大小十八の客室の北側に三つの女中部屋と納戸、東側に家の者が住む屋敷が、それぞれ渡り廊下でつながっている。

客室の廊下を通り過ぎ、屋敷の方へ案内された梅は困惑顔だったが、通された座敷に並んだ膳と客を見て、上座に座る藤へ恭しく頭を下げた。

「本日はかようなところへお招きいただき……」

「堅苦しい挨拶は無用ですよ、お梅」

名前を呼ばれて目をぱちくりしたものの、梅には藤が判らないようである。

「お芙美ですね？　どうかお梅をこちらへ――」

藤に言われて、芙美はそっと梅を藤の前へと促した。膳は左右四膳ずつで、梅の隣りには芙美、芙美の隣りに咲が腰を落ち着ける。

「お梅……」

藤は声を震わせたが、梅は恐縮するばかりだ。

「かような席にお招きいただき……光栄に存じます……」

梅が呆けていることは、藤には初めから知らせてある。目は見えている筈なのに、老いているからか姉を認めることができない梅だったが、藤は失望を見せずに微笑んだ。

「お梅、私の隣りにいるのが娘の多美(たみ)に佳枝(かえ)、そして孫の多恵。そちらの末席にいるのは多恵の妹の美津(みつ)です」

二人の手代は別室に案内されているため、女ばかりが八人、膳を挟んで向かい合っている。

「私は……私の名は藤といいます」

藤が名乗ると、梅は瞬いて澄んだ目で藤を見つめた。

「それは奇遇ですこと……私の……私の姉も藤と申します……」

「だからお祖母ちゃん、この方がお祖母ちゃんのお姉さんよ」

芙美がしびれを切らして言い聞かせるも、梅はただ寂しげに微笑むばかりだ。

「……いいえ。姉はここにはおりません……」

「お祖母ちゃん！」

「もう、どこにもいないのでございます……」

「お梅――」

藤が声を震わせると、唇を嚙んで芙美がうつむいた。

女たちの間に重苦しい沈黙が降りた時、襖戸の向こうから仲居の声がかかった。

「先付をお持ちしました」

「お入り」

藤の声に襖戸が開き、盆を携えた仲居が一礼すると、梅の膳から順に先付の入った小鉢を置いていく。

先付は大根の味噌煮だった。

小鉢自体は粋だが、名の通った料亭にしては、無骨で泥臭い一品だ。

しかし梅は大喜びで箸を上げた。

「まあいい匂い……」

目を細めて小鉢を取り上げると、早速箸をつける。

「懐かしゅうございます……昔、母がよく作ってくれました……」

大根煮を一口含んで——梅ははっとして小鉢を置いた。

取り落としそうになった箸は芙美が慌てて受け止める。

口に手をやった梅が、かすれた声を漏らした。

「母が……昔、同じ物を……母が——作った——」

「お梅、判りますか？　おっかさんの味です。今日はお前が来るというので、婿に特別に作らせたのです」

瞳を潤ませた藤を見て、梅はおもむろに腰をあげた。

よろよろと藤の方へにじり寄ると、藤の顔をじっと見つめる。

一人ずつ見るとそうでもないが、こうして二人並ぶと似ているのがよく判る。

「お姉ちゃん……」

「お梅……」

「お姉ちゃん……お姉ちゃん！　お姉ちゃん！　お姉ちゃん！」

叫ぶように姉を呼び、梅が突っ伏した。

こらえきれなくなった芙美が嗚咽(おえつ)をもらし、つられて美津も泣き出した。

◎

藤に呼ばれて、咲が再び幸久へ向かったのは霜月(しもつき)末日である。

桝田屋へ行く前に深川へ行こうと朝一番に出た咲は、神田川から舟に乗った。

今日も藤は布団を背に身体を起こしていた。だが化粧はしておらず、足も掻巻(かいまき)の下で投げ出したままだ。

仲居がすぐに茶を運んできたが、盆には一つしか湯呑みが載っていない。咲を部屋へ案内して来た多恵は、火鉢の火を確かめただけで「ごゆっくり」と退室していった。

「床についたままで失礼いたします」

「いいえ。お気になさらず……先日はお疲れになったでしょう」

咲が言うと、藤は苦笑した。

「つまらない見栄でした……お梅に——妹に会うのだと思って、つい」

「判りますよ」と、咲も苦笑を漏らす。「私も姉の身ですから」

「あなたにも妹さんが？」

「はい。弟と妹が一人ずつ」

兄弟で一番年上なればこそ、弟妹にみっともない姿は見せたくない。

生き別れて五十年以上経っていて、互いに年を忘れるほど老いても、姉は姉だ。あの日身体の痛みを押して座敷で妹を待った藤の気持ちを、咲は一瞬にして見取っていた。

「無理をしないでくれと、後日、泣かれてしまいました」

「それでは、お梅さんはあのまま――？」

梅が藤を認めたのち、姉妹は長いこと、これまでのことを語りあったという。咲は昼餉の後に辞去したが、梅と芙美はそのまま幸久に泊まっていったと聞いていた。一旦泣きやんだ梅は、これまでのことが嘘のように澱みなく話していたために、咲はてっきり元通りになったのかと喜んだが、藤は小さく頭を振った。

「いえ、しゃんとしていたのはあの時だけで、私のことは判っているようなのですが、たまにどこぞのおかみさんになったり、叔母になったり、母になったり。母ならまだよいのですが、お芙美やお咲さんと勘違いされると申し訳なくて……」

微笑んだ藤は、化粧気がなくとも、初めて会った時よりずっと顔色がよくなっている。

藤曰く、梅はあれからほぼ毎日、永代橋を渡って幸久を訪ねて来るそうだ。芙美が一緒の時は泊まっていくが、店の者が伴の時は七ツには木内屋へ帰るという。

「日中はお梅が私を世話してくれるので、家の者も助かっております。おしゃべりしては昼寝をして……まあ年寄り二人、のんびり過ごしております」

「それはようございました」

「本当に。身体が利かなくなってからこっち、長生きなんかするもんじゃないと思っていましたが、こんな巡り合わせがあるなら、長生きも悪かありません」

「……そう思わせてくださるだけで、私のような者にはありがたいですよ」

言いながらも、いつか身体が利かなくなったら、自分はただ死を選ぶかもしれないと咲は思った。弟妹たちの重荷になりたくないというのもあるが、目が見えなくなったら、針が持てなくなったらと考えるだけで恐ろしい。

「独りでいると、余計にそう思うのですよ」

咲の気持ちを知ってか知らずか、藤は衰えのない声で言った。

「料理人でよければいくらでもお世話できるのだけど、あなたには無用のお節介でしょうね。あなたのような人が独り身なのは惜しいと思うけど、それ以上に惜しいのはあなたの腕だわ」

ややくだけた口調になって、藤は温かい笑みを浮かべた。

「あの梅の背守り……ひ孫もとても気に入っております。よそ行きでもないのに、そりゃあ大事に着ているんですよ。あんな小さな子供でも、あの刺繍の美しさがちゃんと判っているんです」

　背守りは迷った末に、青い梅にした。鳶色の着物には赤い梅より瑠璃紺の方が映えると思ったし、瑠璃石は仏教における七宝(しっぽう)で、珊瑚(さんご)と並ぶ魔よけといわれている。それを知った上で藤たちの母親は、わざわざ瑠璃紺の糸を選んだのではないだろうかと咲は思っていた。

　刺繡自体は無論、縫箔師の意地をかけて、紺色を何色も使い分けた濃淡で梅の花を浮き立たせてあった。

「手入れを怠らなきゃ、あの子の子供にも着せることができるでしょう。佳枝の買った寒椿の財布だって、嫁が今から欲しがっているそうです。お咲さん、あなたの作った物はそうして末長く受け継がれていく——あなたのお父さまが作った物のように」

　藤に言われて、咲は藤の傍らにあった風呂敷包みを開いた。

　桐箱と紙に護(まも)られた中身は、咲が予想した通り、父親の元一が作った重箱だった。

　薄野を照らす満月と、遠くおぼろげに佇(たたず)む山の影。

　風のない、全(すべ)てが静止した夜に、月だけがゆっくりと昇っていく……

「お梅が持って来ました。私があなたを呼ぶ話をしたから……」

「見せていただく約束をしていたんです。覚えていてくれたんですね」

「背守りのお礼だけでは足りません。これをあなたにもらっていただきたいのです。木内屋も承知しております」

父の形見というよりも、この美しい物を手元に置きたいと思う気持ちはあったが、咲は躊躇うことなく首を振った。

「いただけません。長屋暮らしには不相応な物ですし、愛でる者が私一人では父も面白くないでしょう」

葉月、長月、神無月と、月見の度にたくさんの者に愛でられてしかるべき一品だ。父親は己に厳しい男だったが、塗物問屋に「手放したくない」と言わせた時は、流石に内心、にやりとしたのではないかと思う。

「そう言われるかもしれないと思っていましたが、やはり駄目ですか」

苦笑を漏らして藤は続けた。

「しかし、今日ご足労いただいたのは、重箱をお渡しするためだけではありません。お咲さん……あなたの腕を見込んで、帯を一本作っていただきたいのです」

「帯ですか」

師匠のもとで何度か手がけたことはあるが、一人でまるまる一本作るのは初めてだ。

「ええ。幸久の女将にふさわしい帯を、お咲さん、あなたにお願いしたいのです」

「謹んでお受けいたします」

独り立ちした咲には大仕事である。高鳴る胸を抑えきれずに咲の声は上ずった。

幸久を出て、桝田屋へ向かうべく永代橋を渡っていると、反対側を渡って来る梅の姿が見えた。

相変わらず少し腰は曲がっているものの、もう下は見ていない。澱みない足取りで姉のもとへ向かう梅は咲に気付かなかったが、後ろに控えた丁稚が咲を認めて頭を下げた。

桝田屋にはそこそこ客が入っていて、美弥とはゆっくり話せなかったが、帯を頼まれたことを告げると我がことのように喜んでくれた。忙しいからか、志郎はいつにも増して無愛想で、品代を受け取って出て行く咲をじろりと見やっただけである。

桝田屋を出ると、頭上の雲一つない青空を咲は仰いだ。

明日には師走とあって、表の空気は頬が痛むほど冷たい。だが置いていた品物は全て売れていて懐は暖かいし、何より藤がかけてくれた言葉や父親の重箱を見たことで咲の胸は満たされていた。

早く家に戻り、帯の下描きに勤しみたいと気は逸るが、朝餉を食べたきりだったのを日本橋を渡りながら咲は思い出した。

——ちょいと何かつまんで行こうかね。

十軒店の近くの茶屋で足を止めると、この寒いのに中に入らず、壁際の縁台に腰かけて空を見上げている男がいる。

まだ高い太陽に目を細めているその男が修次だと判って、咲はぎょっとした。

「よう、お咲さん」

修次の方も気付いて、陽気な声をかけてくる。

「あんた、こんなとこで何やってんだい？」

「寒いんでね。ちょいと一杯……」

茶屋は酒も置いているようで、修次の横には徳利（とっくり）一本に猪口（ちょこ）一つが載った盆がある。

「寒いなら、中で飲めばいいじゃないか」

「でも、こんなに晴れたのは久しぶりだからなぁ――」

苦笑しながら修次は猪口を掲げた。

「お咲さんも、一杯どうだい？」

「……そうだね。一杯もらおうか」

咲が言うと、修次は少しだけ驚いた顔をしたが、すぐに口の端に笑みを浮かべた。

「今日はそんな気分なのかい？」

「ああ、今日はそんな気分だね」

負けじとにやりとすると、店の娘が持って来た猪口で修次の酌を受ける。

「ついでに団子を一串頼むよ」

娘に告げると、修次が呆れた顔をした。

「こちとら空き腹なんだよ。朝から出ずっぱりなんだから」

「そりゃ腹も減るだろうが、酒に団子たぁ……まあいいや。それより聞いたぜ、木内屋の隠居のこと。えらい巡り合わせもあったもんだな」

「うん。今日はそのご縁で、朝から深川に行ってたのさ」

「そうか、それで機嫌がいいんだな」

「まるで私がいつも不機嫌みたいな言い方じゃないか」

「そう怒りなさんな。せっかくいい気分で飲んでんだ」

「怒ってなんかないさ」

酒は既に少しぬるくなっていたが、まろやかな香りと味が、英気に満ちた身体を更に温める。

「……美味しいね」

思わずつぶやくと、修次が徳利を上げた。

「もっと飲むかい？」

「いいや、これで充分さ。昼間から酔っぱらえるほどいい身分じゃないからね。帰ったらまた一仕事だ」

「働くねぇ」

「まあね」

「でも楽しそうだ」

「そりゃあ、辛いことばかりじゃ、やってられないじゃないのさ」

「はは、違ぇねぇ……」

咲は団子を食べながら、修次は酒を飲みながら、しばし並んで晴れ空を眺めた。

団子をぺろりと食べてしまうと、代金を置いて咲は立ち上がった。

「じゃ、私はもう行くよ」

「おう」

猪口を掲げて応えた修次だったが、思い出したように続けた。

「そういや先日、桝田屋に寄ってみたんだが――ありゃあ駄目だ」

「駄目って、どういうことさ」

聞き捨てならないと、咲は立ったまま修次を見つめた。

「残念ながら、美人後家は外用で会えずじまいでね」

「なんだ、そういうことかい」

道理で、先ほど美弥は何も言わなかった訳だ。

「それだけじゃないぜ、お咲さん。あんた言わなかったじゃないか、あんな用心棒がついてるなんて――」

「用心棒？　ああ、志郎さんのことか」

「あの手代、志郎っていうのか」と、修次は苦笑した。「俺が主に会いたいと言ったら、こう、なんとも嫌ぁな、じとっとした目で、『主はただ今、留守にしております。御用なら私が承りますが』ときた」

志郎を真似た声色がそっくりで、咲は思わず口に手をやった。

「あは、ははは……」

「客商売が聞いて呆れらぁ。でもまあ、品揃えは悪かねぇ。だからあんな手代でもやってけるんだろう。あんたの作った物も品切れだと言われたよ」

「私の？」

「ああ、なかなか評判みてぇじゃねぇか。縫箔師のお咲さんよ」

からかい口調ではあったが、悪い気はしなかった。

修次が咲の名を口にしたのなら、志郎はおそらく、修次が咲の差し金で美弥を訪ねたと察したのだろう。

だから今日はあんな挨拶もなしに……まったく、大人げないったらありゃしない。

そう思うと更に笑いが込み上げてきて、抑え込むのに苦心した。

「……俺も一つ、財布でも作ってもらうか」

「え？」

冗談なのか本気なのか、猪口を片手にした修次からは読み取れなかった。

「あんたね……安かぁないよ、私の財布は」

冗談めかして咲が言うと、修次はくすりと笑った。

「そうらしいな。今ちょいと手元不如意なんだけどよ。なぁに、金なんざ簪の一本でも彫りゃあ——いやいっそ、簪と交換ってのはどうだ？」

そう言って修次は咲を見上げたが、空の眩しさに細められた目からはやはり、冗談なのか本気なのか判じ難い。

ただの簪ならいざ知らず、修次の簪なら一本手元に欲しいと思わないでもない。

また、この男の作る簪に見合うだけの財布を自分が作れるかどうか。

この男が、自分の作る財布に見合うと思う簪はどんな物なのか。

知りたいと思う気持ちはあったが、酒の上での戯言を真に受けるのは早計に思える。

当たり障りのない笑みを浮かべ、ややそっけなく咲は応えた。

「――考えとくよ」

「おう、考えといとくれ」

鷹揚に微笑んだ修次によそ行きの会釈を返して、咲は茶屋を後にした。

身体がぽかぽか温かいのは、酒のせいばかりではないだろう。思い出したように吹きつける木枯らしに身を縮めながらも、咲の足取りは軽かった。

足元の影はまだ短い。

行く手には澄んだ空が、青く、遠く、ずっと先まで続いていた。

# 第三話　小太郎の恋

ぴゅうと吹きつけた木枯らしに、そこらの者が一斉に身を縮こめた。

「寒いねぇ」

「今日は格別だぁ」

愚痴の中にも笑顔が見られるのは、師走だからだろうか。中には金策に駆けずり回っている者もいるかもしれないが、少なくともここ――神田明神の境内では、皆どこか咲と同じように、来たる年越しを楽しみにしている様子が窺える。

注文で作った籠巾着を届けた帰りだった。

依頼主は神田明神の裏手に店をかまえる金貸しで、馴染みの芸者への贈り物だという。

小桃という芸者の名にちなんで桃の花をあしらったが、既製の籠巾着をほどいて縫箔を入れ、再び仕立て直すという手間のかかった物になった。二分で請け負ったものの、摺箔に使った金と手間を考えると、割のいい仕事とはいえなかった。金貸しだけに締めるところは締めるのか、出来栄えには満足してもらえたにもかかわらず、心付けは一切ない。

それでも一仕事やり終えた達成感に、咲は晴れ晴れとした気持ちで神田明神でお参りを済ませた。

風は冷たいが、雲の合間からは時々太陽が顔を覗かせる。かじかんだ手に息を吹きかけながら、咲は昌平橋を渡らずに、神田川の北側をゆっくりと歩いた。

煤払いを終え、あと半月もすれば大晦日、更に半月経てば小正月で藪入りだ。

気が早いのは判っているのだが、師走に入ってから、日に何度も藪入りの支度が気にかかって仕方がない咲だった。

料理は苦手ではないのだが、藤次郎長屋に引っ越してからは、おせちは福久としまからのおすそ分けでまかなっていた。しかし藪入りは長姉の意地もあって、自分の力で弟妹たちをもてなすことにしている。

年に二度しかないのだから、弟妹たちには旨い物を食べさせてやりたい。一体何を作ろうか。それともいっそ、路の夫の勤める料亭にでも連れて行くかと思案は尽きない。

ああその前に、着物を仕上げちまわないと。

年玉も用意しておかなきゃね……

あれこれ思いを巡らせているうちに、あっという間に和泉橋の袂に着いた。

和泉橋を渡ると、咲は左に折れた。長屋とは反対方向だが、橋から少し東に行ったところに、例の稲荷神社はある。霜月の間は忙しく、散歩に出ることもままならなかったから、この小さな稲荷を訪ねるのは実に一月ぶりだった。

――せっかく近くまで来たんだもの。

参道とはとてもいえない、柳の合間の小道を慣れた足で進んで行くと、色あせた小振りの鳥居の向こうに先客の姿が見えた。

驚いたのも一瞬で、見覚えのある背中に咲は足を忍ばせる。

鳥居の手前でしばし佇んでいると、参拝を終えて振り向いた修次と目が合った。

「なんだ、お咲さんか。びっくりしたぜ」

「驚かそうってんじゃないんだけどね。なんだか、真面目にお参りしているようだったから、邪魔しちゃ悪いと思ってさ」

「真面目にって、俺は常から真面目だよ」

「へぇ、そうなのかい？」

苦笑しながら咲がからかうと、修次もにやりとして応える。

「そうさ。だから今日も真面目に『何か面白いことがありますように』って、神さまにお願いしてたところさ」

「面白いことって、あんた……」

やや呆れたが、数箇月前、己も同じことを願ったのを咲は思い出した。

「私もね、ちょいとそんな風にお願いしてみたことがあったよ」

「お咲さんが？　――あんたも退屈してんのかい？」

「退屈ってほどじゃないんだけど――毎日、仕事仕事で代わり映えしないから、なんとなくね……ちょうど修次さんや、あの双子に会う少し前のことさね」

「じゃあ少しはご利益があるのかもしれねぇな。俺も三月ほど前にこの稲荷を見つけて、同じことをお願いしたのさ。そしたら、お咲さんやしろやましろに会えた。そういやあの餓鬼どもも、この稲荷を知ってるようだったな」

二度目に双子に会った時に、双子が逃げ込んだ先がこの稲荷神社だった。

「そうだねぇ。あの子たち、随分あちこち遊び歩いてるみたいだけど、一体どこの子らなんだろう……？」

少しかがむようにして、朱塗りのはげた鳥居をくぐると、賽銭箱に一文銭を入れて咲も簡単に手を合わせる。

いつも通り皆の息災を祈ってから、この数箇月のいくつかの出会いにささやかな感謝の意をささげた。「面白いこと」かどうかは別として、修次を始め、千太や冴、梅や藤に出会ったことで、見知った人や町が増え、仕事に一層張りが出たことは確かだ。

鳥居や社は古ぼけているが、左右に控えた神狐はまだ新しい。全てがそこらの稲荷に比べ一回りも二回りも小さいここでは神狐も例外ではなく、その顔つきもどこか幼い。

揃いの二匹の白い子狐たちに、しろとましろが重なって見えて咲は微笑んだ。

一匹の頭を撫でながら、つい思いついたことを口にしていた。

「案外あの子たちは、このお狐さまたちの仮の姿かもしれないね」

莫迦莫迦しい――

我ながらつまらないことを言ったと、すぐに咲は一笑に付されるのを覚悟した。

「はは」

予想通り修次は笑ったが、莫迦にした様子はない。

「案外そうかもしれねぇな。だとしたら、あの石頭も頷けるぜ」

咲とは反対側の神狐の頭をぺちぺち叩いて、修次は更に笑った。

「それにあいつらがいなきゃ、お咲さんとはあれきりだっただろうしな」

「そうだね」

仕事場から勝手に持ち出された簪を、小間物屋へ取り返しに来た修次だった。多少の問答はあったとしても、簪は修次のもとに戻るべき物であり、それだけで事は終わっていただろう。しろとましろにどんな意図があったのかは知らないが、あれがきっかけで咲と修次が「知人」になったことは事実だ。

「べったら市の時だって、あいつらがいたじゃないか。日本橋で、木内屋の隠居に出会った時も……そういや、木内屋の隠居はあいつらを『しろさま』『ましろさま』って呼んでたな。もしかしたらあのお人にゃ、あいつらの正体が見えてたのかもしれねぇ」

予想外にしかつめらしい修次の物言いに、咲は苦笑した。

「――冗談のつもりだったんだけど、そういうことであれば、『面白いこと』には違いないね」

「そうさ。大体、お咲さんみたいな変わりもんには、滅多にお目にかかれないもんな」

「あんたに言われたかないよ」

年増で独り身の女職人――

そんな自分が、世間から変わり者扱いされているのは言われずとも判っている。

――あんただって、いい年して所帯も持たずふらふらしてるくせに。

同じ独り身の職人でありながら、女というだけで多分に世間の目は厳しい。特に江戸は男の方が圧倒的に多いから、美弥のような後家ならともかく、女がいつまでも独りでいるとよからぬ噂が立ちやすかった。

色恋に現を抜かすような暇も咲にはないが、仮に咲が修次と同じような暮らしをしていたら「身持ちが悪い」と非難されるだろうに、男なら許容され羨望の的にさえなることには理不尽さを感じざるを得ない。

八つ当たりだと思いつつも、ぷいっとそっぽを向くと、修次が噴き出した。

「気を悪くしたならすまねぇ」

「それがすまねぇって面かい、まったく」

大人げなかったと、冗談めかして言うと、修次もくすりと笑って応えた。

「相変わらず、気の強ぇ姐さんだ」

「なんせ、滅多にお目にかかれない変わりもんだからね」

「……褒めたつもりだったんだが、難しいもんだな」

「あれで褒めたつもりとは呆れるね。相変わらず修業が足りないんじゃないのかい？」

「面目ねぇ」

おどけて修次が肩をすくめ、咲の笑いを誘った。

「お、こいつは泥遊びでもしたらしいな――」

手元の神狐の背を見やって修次が言った。

ちらりと咲も首を伸ばして見やると、神狐の背中に乾いた泥がこびりついている。泥遊びというよりも、草履がこすれた跡に見えた。

「お狐さまを足蹴にするなんて――ひどいことするやつがいるもんだ」

そう言って顔をしかめた咲より早く、修次が懐から手ぬぐいを出して汚れを拭った。

「師走だからな……借金で首が回らなくなってる輩も少なくねぇさ」

「だからって、こんな罰当たりなことしなくても……」

「そらそうだ」

そう言って修次は笑ったが、丁寧に泥を拭ってやる手つきはどことなく、不届き者を庇っているように咲には思えた。

特定の誰か、ではない。

ただ修次は自分と違って、年越しや藪入りをさほど楽しみにしていない――もしくはできない――者たちを、己より見知っているのだろうと漠然と感じた。

修次とはまだ数えるほどしか会っていないから、互いに住んでいる町は知っているものの、家族のことなど立ち入った話はしたことがない。名前からして次男だろうと思うのだが、独り身同士、余計な詮索をしないのが大人の分別というものだ。

「ほい、綺麗になった」

神狐の頭を撫でて修次が立ち上がると、時を知らせる捨鐘が聞こえてきた。

「九ツか……どうだい、お咲さん、蕎麦でも食って行かねぇか？　松枝町に旨い店を知ってるんだが」

「そりゃいいね」

気負うことなく、自然に口をついた返答に、一瞬遅れて咲自身が内心戸惑った。

修次という人間には興味がある。ただしそれは職人としてであって、男としてではない。だが、咲がいかにそう主張したところで、傍から見れば男女の仲を勘ぐられてもおかしくなかった。そう考えると、真昼間とはいえ人目のある蕎麦屋で昼餉を共にするなど、気安過ぎたかと思わないでもない。

半ば断られるのを覚悟していたのか、修次の方も微かに驚いた顔をしたものの、すぐに目を細めて人懐こい笑みを見せた。

「じゃ、行こうか。鐘を聞いたらますます腹が減ってきた」

鳴り始めた九ツの鐘を遠くに聞きながら、修次は小道に足を向けた。

傍らの神狐を一撫でして、咲も修次の後に続いた。

柳原を東へ少し歩いてから、南に折れる。

二町ほどまっすぐ行くうちに、咲は何やらついて来る気配を背後に感じた。

「どうかしたかい？」

「なんだか、つけられてるような……修次さん、あんたまた、変な女とこじれてるんじゃないだろうね？」

「またってなんでぇ……お紺とはあれきりだし、俺だって遊んでばかりじゃねぇや。こんとこ二、三、いい仕事が続いたんでね。掛け取りにもきっちり払って付けもねぇ。綺麗さっぱり、後ろ暗ぇことはなんもないぜ」

「ふうん」

おざなりな相槌が気に入らなかったのか、修次は不満げに口を曲げたが、ひょいと咲の後ろを見やってにやりとした。

「あいつら――」

くるりと踵を返すと、五間ほど小走りに駆けて裏長屋の木戸を覗き込む。

咲も後ろからついて行くと、木戸に隠れたしろとましろがいた。

「わぁ」

「見つかった」

「しろにましろ、お前たち、何こそこそしてんだ？」

「してない。おいらたち、こそこそしてないよ」

「なんにも悪いことしてないよ」

懸命に言い張る双子は、相変わらず姿形はそっくりだ。しかし今日は、揃いの濃藍(こあい)の綿入れの首元に、一人だけ手ぬぐいが結んであった。

納戸色のさざれ波が染め抜かれたその手ぬぐいは、つい先ほど修次が神狐の泥を拭った物と同じで、咲は思わず目を見張る。

「その手ぬぐい――」

咲が問いかけると、取られると思ったのか、手ぬぐいを襟元に押し込みながら双子の一人が応える。

「盗(と)ったんじゃないよ。拾ったんだよ」

「そうだよ。ましろが拾ったんだよ」

双子が咲を見上げて言う後ろで、修次が口元に人差し指を立てるのが見えた。黙ってろということらしいが、手ぬぐいには少し泥の跡が残っていて、咲の疑惑は深まるばかりだ。

修次さんが忘れてったのを、後から来て拾ったんだろうか？

まさかこの二人、本当にお狐さまの化身なんじゃ――？

「ましろが拾ったってんなら、お前がましろでお前がしろか」

手ぬぐいをしている方がましろで、していない方がしろということになる。

微笑んだ修次に安心したのか、双子は互いを指差して言った。

「そうだよ。おいらがしろで、こっちがましろだよ」

「おいらがましろで、こっちがしろだよ」

「そうかそうか。今日は判りやすくていいな」

にっこり笑った修次がましろの頭を二度ほど軽くはたくと、ましろが口を尖らせた。

「ぺちぺちすんな！」

「すんな！」

「おお、こいつぁすまねぇ」

悪びれもせずに応えると、腰をかがめて修次は訊いた。

「お詫びと言っちゃあなんだが──俺とお咲さんはこれから蕎麦を食いに行くんだけどよ。馳走するから、お前らも一緒にどうだ？」

「蕎麦……」

気乗りしない様子で双子は顔を見合わせ、互いにひそひそ耳打ちする。

「なんならお揚げもつけてやるぜ？」

「お揚げ？」

揃って目を輝かせたしろとましろに、修次がにんまりとして応える。

「ああ。――お前たち、お揚げが好きなのかい？」

「好き」

「大好き」

「そいつぁよかった。この先の柳川って店なんだが、蕎麦も旨けりゃ、お揚げも天ぷらも絶品なのさ」

「柳川なら、おいら知ってる」

「おいらも知ってる」

嬉しげに笑うと、待ちきれないのか、双子は手をつないで足早に前を歩き出した。

「修次さん、あの手ぬぐい……」

声をひそめた咲に、修次が含み笑いと共に言った。

「うっかり忘れてきちまったんだが、思わぬ役に立ってくれたな。いいから黙ってようぜ。古今東西、狐狸妖怪の類ってのは、正体がばれると去っちまうことが多いだろう？　それじゃあ、あまりにももったいねぇ。こんな面白ぇこと、そうそうあるもんじゃねぇからな」

咲はまだ半信半疑なのだが、どうやら修次はしろとましろが神狐の化身だと信じているようである。

「でも――」

「いいじゃねぇか。誰が損する訳でなし、そう固く考えるこたぁねぇ。見ての通り、あいつらはまだ子供なんだし、うまく騙されてやりゃあいいのさ……」

双子がそこらの子と違うことは明らかなのだが、かといって神狐が人に化けているというのは飛躍し過ぎだ。

でもまあ確かに、誰が迷惑するでなし……

双子よりも、楽しげな修次に水を差したくなくて、咲は曖昧に頷いた。

蕎麦屋の柳川は二階建ての表店が連なる角にあった。小上がりはなく、縁台のみの簡素な店だが、掃除が行き届いていて咲は一目で気に入った。

蕎麦とつゆの匂いも香ばしい。

老爺と孫の二人で切り盛りしているらしく、老爺は黙々と蕎麦を作り、十二、三歳の少年が折敷を客に運んでいる。

「俺は天ぷらにするが、お前たちは――」

「お揚げ」

「お揚げ」

縁台で、咲と修次の間に座ったしろとましろが口々に言う。

「じゃあ、お前たちには信太を二つ……いや、蕎麦は一つで充分か。お揚げを二枚もらえばいいやな」

「……私も信太を一つ」

甘く煮つけた油揚げを載せた蕎麦は、安倍晴明の母といわれる白狐・葛の葉が帰って行った「信太の森」にちなんで、「信太」と呼ばれている。

修次がゆっくりと告げた注文を、少年が丁寧に復唱する。

「天ぷら一つ、信太が二つ……お揚げは三枚」

「そうだ。頼んだぜ、孝太」

修次が笑うと、孝太と呼ばれた少年も微笑んで頷いた。

利発そうな顔つきとは裏腹に、年の割に言葉がたどたどしい。口元を見つめて注文を取る様子から、少年は耳が悪いのだろう。

昼時だからか店はそこそこ混んでいる。手を挙げたり、顔を向けたり、孝太に対する気遣いがみられることから、客のほとんどは常連らしいと咲は踏んだ。

咲たちの隣りの縁台に座っていた二人客が帰ったのと入れ替わりに、ひょろりと背の高い男が腰を下ろして孝太に手を振った。

「蕎麦を頼むよ」

「はい。蕎麦一つ……」

孝太が離れると、男は一つ大きな溜息を洩らした。

六尺近くありそうだが、痩せているせいか大男という印象はない。日焼けをしているところから外仕事には違いないが、真面目くさったおとなしい顔が背丈に似合わず、なんともちぐはぐな感じである。

まだ若く、年の頃はおそらく二十一、二歳。

ちらりと盗み見た咲がそれだけのことを判ずる合間に、男はもう一度溜息をついた。

ほどなくして咲たちの縁台に孝太が運んできた折敷は二枚で、双子の蕎麦は小振りの汁椀に分けてあった。咲はしろと、修次はましろと、それぞれの間に折敷を置くと、しろが早速椀を取り上げ、蕎麦の上の油揚げを指でつまむ。

「熱い！」

「こらっ」

小声で咎めると、咲は油揚げを放したしろの手を形ばかりはたいた。

「痛い！」

「これっぱかしで痛いことなんかあるもんか。茹でたてなんだから、熱くてあたり前じゃないか。それに手づかみなんて行儀の悪い……ちゃんとお箸を使ってお食べ」

「お箸……」

渋々しろは箸を上げたが、握り箸で挟む油揚げはつるりと箸から逃げていく。隣りを見ると、ましろも同じように握り箸で苦戦している。

「あんたたち……」

呆れつつも、咲はしろの小さな手に自分の手を添えた。

「ほら、こうやって挟むんだよ。熱いから、冷ましながら少しずつ齧りな」

最初の一口をしろに食べさせると、後ろから手を伸ばしてましろにも同じように箸の持ち方を教えた。

二口、三口食べるうちに、すぐにこつをつかんだらしく、双子はふうふう息を吹きかけながら、目を細めて油揚げを齧った。

お狐さま……なのかねぇ……？

いまいち信じ切れない咲だが、目が合った修次は丼を片手ににやにやするだけだ。

伸びないうちにと、咲も丼を手にして、蕎麦を食べながら双子を見守った。双子は油揚げをすっかり食べてしまうと、今度は蕎麦を一本ずつ挟んでちるちるすする。

粗めの二八蕎麦だが風味は高く、出汁の利いた濃いめのつゆによく絡む。

「美味しいね」

咲がつぶやくと、「だろう？」と、修次は満足げに頷いた。

それぞれ椀を片手に、しろとましろも互いを見やって言う。

「蕎麦も美味しいね」

「うん、美味しい」

「でもお揚げはもっと美味しいよ」

「そりゃ、お揚げには敵わないよ」

くすくす笑いながら箸を動かす二人は、生意気盛りの子供そのもので、咲の顔は自然にほころんだ。

――と、その横で、男が再び溜息をついた。

背中を丸めて、憂い顔で丼の中を見つめている男はなんとも情けなく、咲はつい、同情よりも苛立ちを覚えてしまう。

「はあぁぁぁ」

「ふうううう」

大仰に男の溜息を真似たしろとましろが、顔を見合わせて含み笑いを漏らす。

「あんたたち」

一睨（にら）みすると、双子は形ばかり肩をすくめて言い返した。

「だって、あんなにおっきな図体（ずうたい）して可笑（おか）しいよ」

「男のくせして、ちっとも男らしくないよ」

双子の言うことは咲の気持ちそのままだったが、言われてみて己の気の短さと思いやりの無さにはっとした。

「――いろいろ大変なのさ。大人でも。男の人でも」

諭すべく言ってみたが、蕎麦を食べ終えたしろとましろは男の真似に夢中だ。男と同じように背中を丸め、手にした椀を見つめて溜息をつく。

「はあぁぁぁ」

「ふうぅぅぅ」

「いい加減にしな！」

声を抑えたつもりだったが、男の他、数人の客が咲を見た。

「へーんだ。咲の怒りんぼ」

「怒りんぼ」

「なんだって！」

咲が目を吊り上げると、双子は椀を置いて逃げ出した。

折敷を持った孝太にぶつかりそうになるのをうまくよけて、口々に言う。

「お代は修次が払うよ」

「修次が馳走してくれるんだよ」

「お待ち！」

「待たないよーだ」

「よーだ」

「だったら、せめて一言礼を言ってきな！」

駆けて行く背中へ叱りつけると、双子が走り出た戸口の向こうから声がした。

「ご馳走さまぁ」

「ご馳走さまぁ」

「おう、またな！」

のんびり修次が応えるのを横目に、咲は開けっ放しの戸を閉めに立ち上がった。

「まったくもう……」

遠ざかる足音を聞きながら戸を閉めると、成り行きに笑みをこぼした客の合間をうつむき加減に縁台まで戻る。

「――それであんたは、一体何をそんなに思い詰めてんのさ？」

腹立ち紛れに咲が問うと、男は気まずそうにますます身体を縮こめた。

「俺はその……」

「鬱陶しいな。人には言えねぇようなことなのか？」

修次が畳みかけると、男は拗ねたように一旦口を曲げてから言った。

「……兄さんみたいな男前には、俺の気持ちなんて判りませんよ」

「ははぁ……ということは女絡みか」

修次がにやりとすると、図星を指されたのか男は微かに顔を赤らめた。

恋煩いか……

男のうぶな様子に咲の苛立ちは霧散した。

握り締めた拳から伝わる男のまっすぐな気持ちが、なんともくすぐったい。

若いねぇ――

こんな風に、誰かを想って頬を染めるなど、咲には絶えて久しかった。

十も違わぬ男だが、微笑ましいと思うと同時に、そのひたむきさが羨ましくもある。

「女絡みなら力になれるかもしれねぇ。どんな女なのか話してみな」

胸を張って言うことでもなかろうと咲は思ったが、女慣れしている修次なら、確かに役に立つかもしれない。

「俺は錺師の修次ってんだ。お前、名はなんてんだ？」

「俺は、その……小太郎っていいます。永富町で大工をやってて……」

咲を含め、店中の者が噴き出すのをこらえた中で、修次だけが遠慮なく声を上げた。

「ははっ。お前、そのなりで小太郎ってのか。しかも大工たぁ——」

「修次さん」

咎めた咲にはおかまいなしに、修次はひとしきり笑ってから小太郎の肩を叩いた。

「これもお狐さまのお導きだ。悪いようにはしねぇから、さあ言ってみな」

「お狐さま……？」

「いいから、いいから」

調子よく言うと、修次は手を挙げて孝太を呼び、酒を頼んだ。

家にはまだやりかけの仕事が残っている。

暇を告げようか迷ったが、他人事とはいえ恋の話とあらば去り難い。

修次に促されるまま、咲は縁台に座り直した。

はす向かいの戸が開いた音を聞きつけて、咲は家の戸を開けて声をかけた。

「辰さん、おかえんなさい」

「お咲ちゃんか。どうした？」

藤次郎長屋は六軒の二階建てと四軒の平屋からなる。北の端に住む咲のはす向かい、平屋四軒のうちの北から二軒目には、大工の辰治が住んでいた。

四十代半ばの辰治は重辰という大工一家の副棟梁だ。棟梁の名は重治で、血縁ではないが辰治の古くからの友人だと聞いている。若い時分に屋根から落ちたという辰治の左頬と腕には大きな傷跡が残っており、がっちりとした身体と相まって一見ではとても近寄り難い。声も低く、荒事にも見た目を裏切らぬ腕っぷしだが、けして無用に威張りちらすことはなく、大工仲間にも長屋の皆にも慕われていた。

「ちょっと訊きたいことがあって……」

「なんだい？」

訊き返しながら、十能を持った咲を見て辰治は微笑んだ。

「ありがとうよ」

独り身の辰治は夕餉を外で済ませてくることが多く、帰って来たばかりの部屋は冷え切っていた。上がりかまちに辰治が寄せた火鉢に、咲は十能で持って来た炭を入れた。

「辰さん、永富町の村松って大工さんを知ってる？」

「ああ、知ってるよ」

「じゃあ、その棟梁さんのもとで働いてる小太郎さんって人のことは？」

咲が問うと、辰治は口角を上げた。

「知ってるよ。小太郎がどうかしたのかい？」

「私、今日、その小太郎さんに会って……」

火鉢を挟んで、咲は蕎麦屋でのことを辰治に話し始めた。

――驚いたことに、小太郎の想い人を咲は見知っていた。咲の妹の雪と同じ、浅草の旅籠・立花に勤める女中で、名前は伊代。咲の記憶が正しければ、雪より一つ年下の十八歳で、二十一歳の小太郎とも釣り合いがいい。いまだおきゃんなところが残っている娘だが、伊代のはきはきとした物言いは気持ちがいいし、目鼻立ちも整っていて、特にぽってりとした唇が愛らしい。伊代なら小太郎が岡惚れしたのも頷ける。

事の始まりは半年も前にさかのぼる。

一仕事終えた小太郎が、大工仲間と浅草に繰り出した際、伊代が落とした財布を拾ってやったことがあったという。何度も丁寧に頭を下げ、ほっとした伊代がこぼした笑みが、内気な小太郎を虜にした。

再び伊代に会えぬかと、休みの度に浅草をうろついてみたが会えずじまいでいたところ、二月後、立花の内風呂の修繕に駆り出されて再会を果たした。

小太郎に気付いた伊代から改めて財布の礼を言われたものの、女慣れしていない小太郎はどぎまぎするばかりで、それ以上言葉を交わすことはなかった。

更に先月、立花では新たに離れを作ることになり、村松が請け負った。しかし半月以上通ったにもかかわらず、やはりろくに話せぬうちに離れが完成してしまった。

それがつい昨日のことである。

立花からもらった心付けを懐に、仲間たちは今日は盛り場へ繰り出して行ったが、己の不甲斐無さに嫌気が差していた小太郎は仲間の誘いを断った。もとよりやけ酒するほど酒が好きでも強くもないらしい。伊代を想いながらぼんやり歩いているところへ九ツの鐘が聞こえてきて、馴染みの柳川の暖簾をくぐったという。

――ろくに話せなかったって、名前を訊いただけで終わりか？――

修次の問いに、小太郎は口ごもって応えた。

――名前はその……風呂を直しに行った時、別の女中さんに教えてもらったんで。あの人は多分、俺の名前も知らねぇと思います……――

――……じゃあ一体、何を話したってんだ？　空合か？　年の市か？――

──それは、茶や茶菓子を振る舞ってもらうことがあって……そのお礼なんかです。みんなに倣って『ありがとさん』って……──

──それだけか？──

──……それだけです──

咲も修次も呆気にとられたものだが、話を聞いた辰治はくすりと笑った。

「さもありなん……いや、俺はそこまで小太郎をよく知らねぇけどよ。聞いた限りじゃ兄貴と違って、あのなりで随分奥手みたいだぜ」

小太郎の兄の源太郎は七つ違いの二十八歳。あと五年もすれば新たな棟梁になるだろうと噂されるほど、腕の立つ大工らしい。

「大工としては兄貴の方が一枚も二枚も上だし、小太郎はとても棟梁になれる器じゃねぇ。だがな、墨付けで小太郎の右に出るもんは、大工町にもそういねぇと聞いてるぜ。どんな木もぱっと見ただけで、どう刻めばいいのか判るらしい。棟梁が言う端から小太郎が墨付けして源太郎が刻んでくから、村松は仕事が速ぇのなんの……あの二人が抜けちまったら、村松にはとんでもねぇ痛手だろうよ」

墨付けは──いや、墨付けだけは得意なことは、小太郎からも聞いていた。

大工、左官、鳶の三職は、血気盛んで威勢のいい江戸の職人の花形だ。辰治のように見るからに腕っぷしの強そうな者が多く、盛り場でも花街でも女たちに人気である。修次が笑ったように、背が高いだけの小太郎はとても大工には見えないものの、大工の修業がことのほか厳しいのは周知の事実だ。二十歳過ぎてもまだ半人前といわれる職場で、小太郎のような男が逃げ出さずに生き抜いてきたことだけでも評価に値する。

それに大工は実入りがいい。小太郎はまだお礼奉公中とのことだが、あと一、二年もすればそこらの振り売りの倍は稼ぐようになる筈だった。

「あの二人は親を亡くしてな。源太郎が小太郎の親代わりだ。小太郎も悪くねぇが、源太郎は憎たらしいくれぇ評判いいぜ。仲間内でも、花街でも……」

「そう聞きました」

にやりとした辰治につられて咲も笑った。

小太郎はそんな兄がよほど自慢らしい。さりげなくいくつか兄の武勇伝を披露した小太郎からは強い兄弟の絆が感ぜられ、咲は何やら羨ましくなったものだ。

「辰さんに話を聞いて安心しました。雪の仕事仲間だもの。変な人は薦められないわ。小太郎さんはいい人だけど……」

「――それだけじゃ心許ねぇもんな」

「そうなんです」

再び笑って頷き合うと、咲は辰治に礼を言って自分の長屋へ戻った。

修次は立花に泊まりに行きたがったが、それは咲と小太郎が止めた。

「ちょいと見て来るだけさ。手出しはしねぇよ」

そう修次は口を尖らせたが、伊代のように若くて見目良い娘なら、十中八九、小太郎のような気弱な男よりも、修次のようないなせな男に惹(ひ)かれるだろう。

けれど、おきゃんなお伊代ちゃんには、案外、小太郎さんのような人の方が……

宵越しの金を持たないことが自慢な江戸っ子には珍しく、小太郎は盛り場には付き合い程度に行くだけで無駄金を使わないようだ。他の女にまったくちやほやされないというのは物足りないかもしれないが、金や女にだらしない男よりは、女房一筋で真面目な男がいいだろう。何より、あんな風に一途に想ってもらえるのは女冥利(おんなみょうり)に尽きるというものだ。

ま、そうはいっても理屈じゃないのが恋の道――

惚(ほ)れた腫(は)れたに答えがないことを、咲は重々承知している。

咲自身、小太郎の真面目さは買っても、伴侶(はんりょ)となればどうも頼りない。小太郎には悪いが、先行きを楽しみにしていられるのもこれが他人事ゆえである。

伊代にはとりあえず、咲が遣いとなって文を送ってみることになった。

付文の指南と、それに添える贈り物を買いに、蕎麦屋を出た修次と小太郎は早速日本橋へと繰り出して行った。

これもお狐さまのお導き……なのかねぇ？

油揚げを齧るしろとましろの姿を思い出しながら、咲は火鉢の炭を返した。

◎

三日後、文を受け取るために、約束通り咲は夕刻に柳川へ顔を出したが、現れたのは修次だけだった。

「文を書くのに手間どってるらしくてね」

「そんな大作を書いてんのかい？」

「いや、そうじゃないんだが……」

苦笑した修次が言うには、小太郎は読み書きが得意でないにもかかわらず、修次の代筆を断り、己の手で付文を書こうと必死らしい。文の中身はもう決まっていて、修次の書いた手本を真似るだけなのだが、慣れないせいか書き損じてばかりなのだという。

「紙がなくなったから、また買いに行くって、朝一番に言いに来やがった」

――ということで、文が書け次第、小太郎が咲の長屋まで届けに来ることになったのだが、更に二日後の七ツ過ぎ、長屋に現れた小太郎は修次と一緒だった。

「なんで修次さんまで……」

「こいつが、一人じゃ気後れするってんでね」

小太郎の性格柄、判らないでもなかったが、つい恨めしげに咲は小太郎を見やった。

「すいやせん……」

長身を折り曲げて頭を下げる小太郎を、勘吉が興味津々に見上げている。

もっとも興味津々なのは勘吉だけでなく、勘吉と一緒に木戸から二人を案内してきた路も、声を聞きつけて戸口から顔を出した福久やしまも同様だ。

「この人たちはその……立花に用があってねぇ。私がちょいと仲立ちすることになったんだよ」

「ふうん……」

しげしげと修次と小太郎を見比べる路に、修次が人当たりのいい声をかけた。

「錺師の修次っていいやす」

「大工の……小太郎です」

噴き出しかけた口元を、路がさっと手で隠す。

「……私は路っていいます。この子は勘吉」

かろうじて路が言うと、修次は路の隣りの勘吉を見やった。

「そうかい。お前が勘吉か」

「おいらがかんきちです！」

元気よく応える勘吉の頭を撫でてから、修次は如才なく福久やしまへも会釈した。

「今、お茶を淹（い）れるから……」

二人を家の中にいざなうと、少しだけ戸を開けたまま、二人を上がりかまちに座らせた。隙間風（すきまかぜ）が冷たいが、長屋の皆に変な誤解はされたくない。

「すいやせん。思ったより手間どっちまって……」

「ううん、いいんだよ。ちゃんと満足いくものが書けたのかい？」

「まあ、その……」

恥ずかしげに小太郎が広げた文にはほんの数行が、たどたどしい仮名で書かれていた。

《いよどの
あさくさでおあいしときより　いよどののことわすれがたく
ぶきようものなれど　いまいちど　きたるやぶいりのおりにでも
いよどのにあいまみえたく　ふみをしたためそうろう
こたろう》

たったこれだけを書くのに五日も費やしたのかと思わないでもないが、短くもうまくまとまっていて、付文としてはちょうどいい。

「相手は小太郎をまったく知らねぇってんじゃねぇ。こいつが無口で奥手なのはとうにばれてんだから、美辞麗句を並べたところで胡散くせぇだけだろう」

何より、自分で書こうという小太郎の心意気が咲は気に入っていた。

「そうだね。それに修次さんの手本より、小太郎さんの手の方が人柄が出ていて、なんだか心が温まるよ」

修次の手本と見比べて咲が言うと、小太郎は嬉しげにはにかんだ。

「まるで俺の人柄が悪いみてぇな言い方じゃねぇか」

「んなこた、一言も言っちゃいないだろ。ただ、不器用者がこんな文慣れした字を書くもんか」

「なるほど」

これまでにどれだけ恋文を書いてきたのかと思わせる滑らかな字であった。

修次たちが選んできた贈り物は匂い袋だった。

「小さいが物はいいんだぜ。瑞香堂で、ちゃんとこいつに選ばせたんだ」

瑞香堂は日本橋の外れにある小さな店だが、香木や塗香、線香などがずらりと揃う、粋人や女たちに人気の店である。

桜色の縮緬で作られた袋は梅鼠色の紐でくくられている。白檀を基に調合された香りは仄かに甘く、清楚な印象だ。

お伊代ちゃんなら、もうちょっと艶っぽくてもよかったかも……

袋も香りも控えめなのが咲の思う伊代にはそぐわない気がしたが、これが小太郎の想う伊代の面影なのだろう。男も女も、懸想しているうちは多少なりとも相手に己の幻想を追い求めるものである。

「いいね」

窺うように見た小太郎に、咲は微笑んだ。

「櫛だの、簪だのよりも、初めはこれくらいの物の方がいいのさ。かといって安物はいけないよ。立花の女将はしっかりしてるから、奉公人も目が肥えてる。安物じゃあすぐに見抜かれちまって、朋輩に莫迦にされるのが落ちだもの。でも、瑞香堂なら間違いなしだよ」

咲が太鼓判を押すと、小太郎はほっとした様子で何度も頷いた。

匂い袋の入った紙袋には、瑞香堂の印が刷られてある。小太郎の文を丁寧に結ぶと、咲は紙袋の中へ入れた。

「じゃあこれは、早速明日、立花へ届けに行くからね」

「お願いしやす。……仕事の邪魔をしてすいやせんでした」

深々と頭を下げた小太郎は、咲が茶を出すのを待たずに立ち上がった。

二人を送り出そうと戸を開けると、小箱を持ったしまと鉢合わせた。

「あら、もうお帰り？　お茶請けに干菓子でもどうかと思ったんだけど……」

咲が口を開く前に修次がにっこりして応える。

「そりゃどうも、ご親切に。残念ながら今日はもうお暇しやすが、また近々、寄せてもらいまさ」

「あらあら、それはそれは……」

付文の首尾は明日の夕刻、柳川で伝える手筈になっていた。

またって一体……

怪訝(けげん)な顔をした咲をよそに、修次はしまに頷いた。

「お咲さんには、近頃いろいろ世話になってるんでね」

「まあまあ、それはようござんすね……」

調子のいいことを——

相好(そうごう)を崩して相槌を打つしまを横目に、咲は修次を軽く睨んだ。

二人の姿が見えなくなると、待ってましたとばかりに、しまは咲の袖を引いた。

「ちょっと、ちょっと、お咲さん」

「あのですね、おしまさん」

「あんな人がいるならどうして言ってくれないんだい？　水臭いじゃないのさ」

「だから違いますって」

手を振って否定する咲を、しまは強引に自分の長屋へ引っ張って行く。

路や福久はもちろん、大家の藤次郎や足袋職人の由蔵までが、この寒いのに戸口から顔を覗かせて、しまに引っ張られて行く咲をにやにや見つめた。

「藤次郎さん。由蔵さんまで――」

「ちょうどいいじゃないの。みんなでお茶にしましょうよ」

しまが声をかけると、わっと路と勘吉が声を上げて喜んで、福久もいそいそと出て来て戸を閉めた。

「いいねぇ」と由蔵が、

「悪いねぇ」と藤次郎が言い、
どちらも盆の窪に手をやりながら、しまの長屋へやって来る。

平屋の四軒で妻帯しているのは料理人の新助だけで、その妻である幸も日中は仕事に出ているから、咲、藤次郎、由蔵の居職三人と、福久、しま、路の内職に勤しむ妻たち三人、そして勘吉で、昼間の長屋の総勢が揃ったことになる。

「もう……」

思わず溜息を漏らした咲だったが、修次のことはともかく、小太郎の恋を語るにはやぶさかでない。まず修次と出会ったいきさつを、しろとましろについては当たり障りのないように誤魔化しながら皆に語った。

「この度、修次さんと蕎麦屋で会ったのも、小太郎さんを手助けすることになったのも、ただの偶然なんですよ」

いくら気心の知れた長屋の皆でも、修次に誘われるまま、二人一緒に蕎麦屋に行ったとは言いにくい。だが、実際修次とは何もないのだから取り乱すことはないし、全てを事細かに語る必要もなかった。これも年増の世知といおうか、咲は少しばかり嘘を交ぜ、落ち着いた声で話しながら皆を見回した。

修次のことを早合点した女たちは明らかに落胆し、男たちもやや期待外れな顔をしたが、小太郎の話になると皆何やら色めきたった。

「村松のことなら、うちのから聞いたことあるわ」と、しまが言った。

しまの夫の平八は左官である。

「辰さんが言うように、仕事が速くて評判みたいよ。なんとかって兄弟がいるからだってうちのが言ってたけど、それが小太郎さんとそのお兄さんだったんだね」

「でもあの人が大工なんて……」

ふふっと路が思い出し笑いをし、福久もつられて微笑んだ。

「そんなに生っちろいやつなのかい？」

由蔵が訊いた。仕事をしていたからか、はたまた男の矜持からか、由蔵と藤次郎の二人は聞き耳は立てていたものの、女たちのようにわざわざ客の顔を確かめには出て来なかったのだ。

「ううん」と、路は首を振った。「日焼けしてはいるんだけど、すっごく痩せてるの。三吉さんと同じくらい背が高いのに、胴回りは半分もないんじゃないかしら。土を落としたごぼうみたいな人――」

「あんた、そりゃいくらなんでも悪いよ」

路をたしなめながら、しまも笑い出した。

「まあ、男は顔じゃなくて中身さね。なあ、由さん」

「おお、そうだな。男は顔じゃねぇ」

流石に同情したのか、藤次郎と由蔵が小太郎を庇う。

「でもほら、あの修次さんて人は、顔だけじゃなくて人柄も良さそうじゃないの。小太郎さんのために贈り物を一緒に買いに行ったり、文の書き方を教えてあげたり――」

福久が言うと、しまと路も大きく頷いた。

「そうそう、私みたいなのにもちゃんと挨拶してくださって」

「おいらのあたま、なでたよ」

「そうだよ、男前なのにちっとも鼻にかけてなくて……いくら蕎麦屋で隣り合ったからって、見ず知らずの小太郎さんにあんなに親身になってあげて――ねぇ、お咲さん？」

「え？　ああ、まあ……」

同意を求めるしまへ、咲は言葉を濁した。

確かに修次には威張りくさったところはないし、血も涙もない冷血漢でもない。色男だけに女慣れしているものの、女を食いものにする紐とは違う。稼いでいる割には金には無頓着らしいが、火事の多い江戸では咲のように貯め込んでいる者の方が珍しい。

――でもねぇ。

人情も多少はあったろうが、修次が小太郎を助太刀しようと思い立った大きな理由は、それが「面白そう」だったからだろう。

ま、人のことは言えないけどさ……

「いい男――人じゃないのさ、お咲さん」

しまがやたらと上機嫌で畳みかける。

「ええだから、悪い人じゃあありませんよ」

「まあ嫌だ。この人はまったく」

「おしまさん」

「だって今は何もなくたって、これから……ねぇ？」

しまが見やると、福久と路も満面の笑みを浮かべて頷く。

「またくるっていったよ」

勘吉が言うと、由蔵が目を細めた。

「おお、そういやそんなこと言ってたな」

「もうみんな、勘弁してくださいよ……」

困り果てた咲へ、これも微笑みながらだったが藤次郎が助け船を出した。

「まあ、まずは小太郎のことだな。立花へ行くなら、明日はお雪ちゃんに会えるな。楽しみだろう、お咲ちゃん？」

「雪は仕事があるから……お伊代ちゃんだけ呼び出してもらうつもりです」

ちらりとでも元気な姿が見られれば嬉しいが、わざわざ雪を呼び出すつもりはなかった。奉公に出している以上、私事は二の次三の次で、仕事へのけじめはつけておくべきである。

「そんな、お咲さん……せっかく立花まで行くのに――」

呆れ声でしまは言ったが、息子二人を奉公に出しているしまとしては、咲の気持ちが判らないでもないらしい。

「でもほら、藪入りも近いし」

「そうねぇ……」と、しまが珍しくしみじみとした声を出した。

「その前に年越しだ」

由蔵が明るく言うと、勘吉がぱっと顔を輝かせた。

「おもち！　おもちたべる！」

「おお、つき立ての餅は柔くてうめぇからなぁ」

由蔵は妻を娶ることなく五十路を越した。日に何人も訪ねて来る贔屓の客には無愛想なくせに、長屋の住人には――特に隣りの三吉一家には、持つことのなかった子供や孫を重ねているのか、好々爺の由蔵だった。

餅つきや、年越しに食べるつごもり蕎麦をどうするかで、しばし話が盛り上がった。

うまく話がそれたことを勘吉に感謝しながら、咲は皆との茶を楽しんだ。

◎

翌朝、女たちと勘吉に見送られて咲は長屋を出た。

空を覆う雲は厚めだが、降り出しそうな気配はまだない。

瑞香堂の袋を入れた巾着を提げて柳原に出ると、咲はまず例の稲荷神社に向かった。

今日は修次の姿も見えず、二匹の神狐はいつも通りひっそり佇んでいるだけである。

まず右側の神狐をぐるりと見てみたが、修次の手ぬぐいは見当たらなかった。

腰を折って、じいっと二匹の顔を交互に見つめてみたが、石でできた神狐は——あたり前だが——うんともすんとも言わない。

手ぬぐいはやはり、あの日、後から来たましろが拾ったのだと咲は思った。

もしかしたら二人は、修次さんより先に来ていて、私らがいなくなるのを隠れて待っていたのかもしれない——

それなら咲たちの後をつけるのも容易かったろう。

そうだ。

そうに違いない。

一人合点して頷くと、咲は財布から一文銭を取り出した。

今日は皆の息災は後回しにして、小太郎の恋の成就を先に願った。

参拝を終えて鳥居をくぐろうとして——咲は振り返って再び神狐を見つめた。

いつもなら静けさの中にもそこはかとない温かさを感じる場所なのに、曇り空で冷え切っている天気のせいか、今日はなんだか突き放されたような気持ちがする。

もしも——もしも本当にあの二人が、お狐さまの化身だったら？

おずおずと、咲は神狐の頭を交互に撫でてみた。

ここの神狐は前掛けもしておらず、丸裸だ。子供の姿をしている時だけ着物を身に着けているならば、手ぬぐいが見当たらないのはしろとましろが不在だからかもしれない。

——だとしたら、あの二人、今日はどこを遊び歩いてるんだか。

そんな風に思い直して、咲は頭を振った。

もう、修次さんが変なこと言うから。

そりゃ言いだしっぺは私だけど、まさかあんな冗談を真に受けるなんて……

再び柳原へ出て東へ歩き、浅草御門を渡って北へ進む。途中で手土産の菓子を仕入れて御蔵前の広い通りを抜けると、駒形堂が見えてきた辺りで、咲は左に折れた。

雪と伊代が奉公する旅籠の立花は、雷門より二町ほど南の三間町にある。

浅草寺の歳の市はもう終わっているが、江戸随一の盛り場とあって、引きも切らない人通りが御門前から続いていた。

神田明神と同じく、浅草にもたまにふらりと遊びに行くことがある咲だが、立花に立ち寄ることはまずなかった。毎年二回、藪入りの後に雪を送りがてら挨拶に伺うだけで、これは弟の太一の奉公先でも同じである。

立花は一階に五部屋と座敷、二階に七部屋の母屋に加え、中庭と内風呂、お抱えの板前を持つ浅草ではそこそこ値の張る宿だ。女中部屋と納戸は別にあり、此度は離れまで建てたというのだから繁盛しているのだろう。

咲が遠慮がちに玄関に近付くと、番頭の茂兵衛がすぐに気付いて声をかけてきた。

「お咲さんじゃないですか」

「どうも無沙汰をしております」

買ってきた菓子の包みを差し出すと、茂兵衛は恭しく受け取ってから問うた。

「何か大事でも？　すぐにお雪を呼んできますが……」

「いえ違うんです。今日はちょっと、お伊代ちゃんに用があって」

「お伊代ですか？」

「ええ。あの向かいのお茶屋さんでのんびり待ちますから、手が空いたら出て来てくれるよう伝えてもらえますか？」

「へぇ、それはもう……ちょいとお待ちを」

首をかしげながら茂兵衛は奥に引っ込んだ。

立花の玄関口が見える縁台に腰かけ、熱いお茶を頼んですぐに、伊代が雪と連れ立って出て来た。咲を認めると、小走りに道を渡って近付いて来る。

「なんであんたまで――」

開口一番、咲が言うと、雪はやや頰を膨らませた。

「私もいいって言ったのに、茂兵衛さんが行けって……」

「だって、せっかくお姉さんが浅草まで来てくれたんじゃあないですか」

取り持つように伊代が言った。

「でもお咲さんが私に用って、一体なんなんですか?」

「ええとね」

こっそり渡したかったが仕方ない。

「雪、あんた、他言は無用だよ」

「なんなのよ、もう。もったいぶって」

雪なら冷やかしたりしないだろうと思いつつも、咲が一応釘を刺すと、つんと拗ねて雪はそっぽを向いた。

「その……先日までここに、村松って大工一家が来てたろう？」

「ええ。離れを建て増ししたんです」

「そうらしいね……ええと、それでね、その大工一家の中に、小太郎さんって男の人がいたんだけどね」

「小太郎さん？」

　雪と伊代が顔を見合わせる。

「うん。覚えてないかい？　こう、ひょろっと背の高い若い人なんだけど……」

「覚えてますよ」と、伊代が応えた。「だって……ねぇ？」

　意味ありげに伊代が雪を見やる。大工らしからぬ身体つきとその身体にそぐわぬ名前は、立花の女中たちの間でも笑いぐさになっていたのかもしれない。

　こりゃ、望みは薄いかもね、小太郎さん――

　とはいえ、ここまで来て遣いを果たさずに帰る訳にはいかなかった。

「小太郎さんがどうかしたの？」

　急かす雪に、咲は巾着から瑞香堂の袋を出した。

「その小太郎さんがね、これをお伊代ちゃんにって」

「お伊代ちゃんに？」

「そうなんだよ。小太郎さんとは、先日偶然知り合ってさ。立花の話になって……あんたがいるから知らないとこじゃないし、それでこうして頼まれ物をされちまって——」

「そういうことなら、私は先にお暇しますよ」

莫迦丁寧に咲に向かって頭を下げると、雪はぷいっと踵を返した。

そのままずんずん去って行く雪の背中を、呆気にとられて咲は見送る。

「なんなんだい、あの子は！　いくらお伊代ちゃんの方がもてるからって、まったく大人げないったら……お伊代ちゃん、どうもすまないね」

気を取り直して瑞香堂の袋を伊代に差し出すと、伊代は困った顔をして首を振った。

「ごめんなさい。わざわざ浅草まで来ていただいたけど、私、それは受け取れません」

「え？　ああ、そりゃあ、お伊代ちゃんにその気はないかもしれないけれど、せめて中の文を読んでおくんなさいよ。贈り物だって、お伊代ちゃんを想って、日本橋の瑞香堂で小太郎さんが選んだ——」

「私、春になったらお嫁に行くんです」

「えっ？」

「親が亀戸（かめいど）で居酒屋をやってて、その近くで夫婦で蕎麦屋をするつもりです」

「ああ、そうなの」

かろうじて応えた咲に、伊代はすまなそうに頷いた。

「そうなんです。子供の頃から知ってる人です。蕎麦屋の次男で威勢がよくて……夏にとうとうちゃんと親とも話して、次に花が咲く頃、一緒になろうって」

ついのろけ気味に緩んだ口元を引き締め、伊代は咲を見つめた。

「でも、受け取らないのは、嫁入りするからじゃあないですよ」

「そうかい」

どことなく素気ない返答になったのは、やはり小太郎は外見のせいで、伊代を始めとする立花の女たちに小莫迦にされていたのではないかと思ったからだ。

そりゃあ、小太郎さんは見た目は冴えない人だけど――

咲とて一見で小太郎が気に入った訳ではない。だが、少し話しただけでも、小太郎の真面目さと誠実さが充分伝わったからこそ、一肌脱いでやろうという気になったのだ。

好みに合わないのは致し方ないとしても、見た目だけで袖にするなんてあんまりだ。

文くらい読んでくれてもいいじゃないのさ……

咲の胸の内を察したのか、伊代が慌てて言い繕った。

「違うんです、お咲さん。別に小太郎さんがあんなだからじゃないんです」

「あんなって……つまりそういうことだろう？」

「違います。そりゃ大工さんには見えないし、声も小さくて無愛想だから最初は変な人だと思ったけれど、お雪さんに言われるうちに、私にもあの人がいい人だって判ったんです」

「そんなら——」

言いかけて咲は伊代の言葉の裏に気付いた。

「お伊代ちゃん……それはつまり——」

伊代は一歩前に出て、顔を近付けると声をひそめた。

「お雪さんは隠してますけど、私には判りますよ。もう五年も一緒に働いてるんですから。私の勘では十中八九——いいえ、九分九厘、お雪さんは小太郎さんを好いてます」

「なんてこった……」

つぶやいて言葉を失った咲に、伊代は重々しく頷いてみせた。

◎

久しぶりの仲見世(なかみせ)を、ろくに覗きもしないで、咲は形ばかりの参詣(さんけい)を済ませた。

由蔵が贔屓にしている菓子屋で金鍔(きんつば)を七つ買い込むと、長居せずに浅草を後にした。

帰りは神田川の北を歩き、和泉橋を渡ると、稲荷には寄らずにまっすぐ長屋へ戻る。

自分勝手なのは判っているのだが、なんとなく稲荷に――しろとましろかもしれない神狐たちに――裏切られたような気がしていた。

修次ほどではないが、自分もどこかで、しろとましろが神狐の化身だと信じていたのかもしれない、と咲は思った。

心のどこかで、あの二人が小太郎さんの恋を叶えてくれると思ってた――

勘吉のような幼子ならともかく、神頼みが全て叶うとは思っていないし、神頼みさえしておけばなんとかなると思うほど、舐めた人生は送ってこなかった。

誰のせいでもない。

惚れた腫れたは理屈じゃないから、己の惚れた人が己に惚れてくれるとは限らない。己を好いてくれる人を、己が好きになるとも限らない。

小太郎さんはできる限りのことをした。

神さまだって、余計なちょっかい出して馬に蹴られたくはないだろう……

そう己に言い聞かせるのだが、残念なことに変わりはない。

咲の顔を見ただけで、長屋の女たちは不首尾を察したようだ。

勘吉は昼寝中だったが、藤次郎や由蔵にも声をかけ、しまの長屋で少し早いおやつにすることにした。雪のことは伏せて咲が事の次第を話すと、皆一様にしんみりとする。

「世の中、うまくいかないねぇ……」

「小太郎さん、お気の毒に……」

しまと路が言うのに、由蔵も頷く。

「これぱっかりは、どうしようもねぇや」

「そうさなぁ」

「そうだねぇ……」

藤次郎と福久が相槌を打ち、咲も幾度目かの溜息をついた。

大人六人でぼそぼそと金鍔を齧ったのち、自分の長屋へ戻った咲はやりかけの仕事を手にしたが、どうもはかどらない。

そうこうするうちに七ツの捨鐘が鳴って、咲は再び表に出た。

蕎麦屋の柳川で、小太郎と修次が待っている。

重い足取りで暖簾の前にたどり着くと、一つ大きく息を吐いて咲は引き戸を開けた。

小太郎は咲を見てはっと立ち上がったが、一目で悟ったらしく、がくりとうなだれた。

目を落としたままの小太郎に、長屋で話したことを繰り返す。

「そうですか。お嫁に……」

「うん。在所に戻って、親御さんの近くで蕎麦屋をやるんだってさ」

「そうですか……」

「まあ……飲もうや」

修次の声にようやく小太郎が顔を上げる。

「……じゃあ、一杯だけ」

「私も一杯だけ付き合わせとくれ」

既に飲んでいた修次が追加の酒とつまみを、咲と小太郎はそれぞれ信太を頼んだ。

「俺が馳走するから天ぷらにしろよ」

「でも俺、こないだから信太が食いたくてしょうがなかったんです。あの子らが、あんまり旨そうにお揚げを齧ってたから……」

微かに笑った小太郎に、咲は安堵した。

「ここのお揚げは美味しいもんね」

「ええ、甘さと辛さがちょうどよくて」

「そういうことなら好きなだけ食いな。五枚でも十枚でも――」

「たくさんありゃいいってもんじゃないんだよ」

調子に乗る修次をたしなめると、小太郎ははっきりと微笑んだ。

「一枚で充分ですよ。後は気持ちだけ馳走になりやす」

ぺこりと修次に頭を下げると、小太郎は咲の方へ向き直って背を正した。

「お咲さん……その、此度は大変世話になりやした」

丁寧に頭を下げた小太郎の姿に、やっぱり惜しい、と咲は思った。

「いいんだよ。大した力になれなくてすまなかったね」

「そんなことないです」

大きく首を振って、小太郎は否定した。

「俺……ここでお二人に出会わなかったら、あのままずっとうじうじしてました。正直、まだちっと未練がありやすけど……」

そう言って小太郎は照れくさげに頭を掻いた。

「兄貴には相談しづらくて……かといって兄貴の真似は到底できねぇし。俺はいつも小せぇことで、ああすりゃよかった、こう言えばよかったと後悔ばっかりで。でも此度はお二人のおかげで、生まれて初めて付文書いて、瑞香堂なんて洒落た店に入って……お伊代さんに想いを伝えることができやした。文は読んでもらえなかったけど、俺の気持ちは知ってもらえた。もとより勝ち目のねぇ賭けだと思ってやしたから、これで充分です。それに、許婚がいるから、他の男からは文も贈り物も受けとらねぇなんてあの人らしいし、あの人が選んだ男なら間違ぇねぇと思います」

「小太郎さん……」

伊代が文を固辞したのは、許婚がいるからというよりも、雪に義理立てしてのことだ。

雪のことがなかったら、文はともかく匂い袋は喜んで受け取ったのではないかと思うの
だが、そのことをあえて小太郎に告げる必要はない。

そんなことよりも、小太郎の存外の潔さに咲は感じ入っていた。

返そうとした瑞香堂の袋を、小太郎は手を振って断った。

「よかったら、お咲さんが使ってくだせぇ。それだと礼を欠くってんなら、そこらに捨
ててくだすってかまいません」

「でもそのうちまた、誰かに贈り物をすることがあるかもしれないじゃないの」

「そんな日はしばらくこねぇと思いやすが……そん時はまた、修次さんと瑞香堂へ行き
やすから……」

「そう何度も付き合ってられるか。次はてめぇ一人で行きやがれ」

「そんな……そいつはちょっと、俺にはまだ……」

少しだけくだけた口調で慌てる小太郎が微笑ましかった。

どうやら、小太郎さんは大丈夫みたいだね……

……とすると、後は「あっち」の方か。

足早に去って行った雪の背中が思い出されて、笑顔とは裏腹に咲の気持ちは沈んだ。

途中まで一緒に帰れないことはないのに、一杯でほろ酔いになった小太郎は、店の前で改めて礼を言い、咲たちに暇を告げた。

背丈に見合った早足で、後ろ姿がどんどん遠ざかる。

小太郎自身が言ったように、その背にはまだ幾ばくかの未練が窺えた。

「まあ、一朝一夕にゃあ吹っ切れねぇや」

「……知ったようなこと言うじゃないか。あんたみたいな男でも、袖にされたことがあんのかい？」

咲が問うと、修次は一瞬黙ってからにやりとした。

「──まだねぇな」

ならどの口で、小太郎さんの心情を語ろうってんだい。

このお調子もんが──！

じろりと皮肉をこめて見やった咲だが、修次は一向に意に介さず逆に問うた。

「お咲さんはどうなんだい？」

「私？」

啓吾（けいご）には袖にされたが、そののちに縁があった二人の男には、咲の方から別れを告げていた。

兄弟子だった啓吾への未練を断ち切るには、随分と時間がかかった。その後も三年間顔を突き合わせた。想いを完全に吹っ切ることができたのは、啓吾の縁談が進み、咲が独り立ちを決めてからだ。今はもう未練はないとはいえ、啓吾以上の男に出会わぬうちに、咲はいつのまにか年増になっていた。

——いやもうとっくに中年増……あと三年もすりゃ大年増だ。

年が明ければ咲は二十七歳になる。

そう思った途端、艶気のある修次に言うに言われぬ腹立ちを覚えた。

「私のことなんか、どうだっていいじゃないのさ」

つんけんしながら応えたが、修次はにやにやするばかりだ。

「なら、そいつはおいとくとして……お伊代とのやり取りは、本当にあれだけだったのかい？」

思わず足を止めて、咲は修次を見上げた。

「……どういうことさ？」

「お伊代ってのは、それなりに目を引く女なんだろう？　だったら付文をもらうのだって初めてじゃねぇだろう。そんな女が、許婚がいるからって、読まずに文を突っ返したりするもんかねぇ？　女ってのは、たとえ気のない男でも、自分がどう思われてるのか気になるもんじゃねぇのかい？」

修次の洞察力には恐れ入ったが、雪のことは言いたくなかった。

雪が生まれ育ったのは、九尺二間の貧乏長屋だ。父親の顔も、少しばかり裕福だった二階建て長屋での暮らしも雪は知らない。長屋では母親と、七歳で母親を亡くしてからの弥四郎宅の三畳部屋では咲と、一つ布団で寝起きした。

子供ながらに己の立場を悟っていたのだろう。母親にも咲にもけして無理を言うことなく、ひっそり、ただ黙々と己にできることを雪はしてきた。

立花へ奉公に出てからは少しずつ自信をつけてきた雪だが、これまで雪から恋の悩みを打ち明けられたことはない。まさか小太郎が初恋ではなかろうが、根っこのところでは、まだまだ内気さが残っているのだろうと咲は思っていた。

そんな雪だから、咲や伊代に想いを知られたことだけでも恥ずかしいに違いない。

——それをあんたみたいな男に、口が裂けたって言えるもんか。

「さあね」

肩をすくめて、できるだけ素気なく咲は応えた。

「世の中にはね、あんたが言うような娘もいれば、お伊代ちゃんみたいに義理堅い娘もいるんだよ。私はお伊代ちゃんに言われたことを伝えたまでさ」

「義理堅い、ねぇ？」

修次は腑(ふ)に落ちない様子だったが、咲は構わずに歩き出した。

修次とは黒門町(くろもんちょう)の前で別れた。

疲れていたにもかかわらず、その日、咲はなかなか寝付けなかった。

掻巻(かいまき)の中で冷えた手足をこすりながら、雪のことばかりが思い浮かんだ。

◎

丸一日悩んで、二日後、咲は再び立花を訪れた。

「またお伊代ですか？」

「いいえ、今日はその……お宿をお願いできないかと思いまして」

咲が言うと茂兵衛は一瞬ぽかんとしたが、すぐに心得た様子で頷いた。

「今時分は、掛け取りがてらに浅草や吉原(よしわら)見物に見える方が多くてですね。下の小部屋しか空いておりません。それでもよろしければ喜んで用意させていただきますが」

「ええ、それで結構です」

十二、三歳の、奉公したてらしい若い女中に足を洗ってもらい、一階で一番小さな部屋に案内してもらった。茂兵衛と入れ替わりに、女将の裕が宿帳を持って現れる。小太郎よりはましだが、咲も読み書きは得意ではない。やや緊張しながら宿帳へ書き込むと、裕がにっこり微笑んだ。

「夜になってしまうと思いますけど、仕事が終わったら必ずお雪を寄こしますから」

「あの……」

「お雪を励ましに来てくだすったんでしょう？　それとも叱りに来てくだすったのかしら？　あの子ったら、おとといからへまばっかりしてるんですのよ」

「そ、それはどうも申し訳ございません」

咲が頭を下げると、裕は袖で口元を隠して含み笑いを漏らした。

「まるで、十年前に戻ったようでございますの……」

「そんなに？　その、ちゃんと言って聞かせますから」

「お願いしますよ、お咲さん。お伊代を始め、立花の者はみんなお雪を案じております。若い子なんかは、お雪の小言がないとどうにも張り合いがないらしく、お雪につられてしょんぼりしてるから、本当に困ったものでございます」

「はあ」

気を遣わせては悪いと出かけることにして、仲見世を覗いて回るも、雪のことが頭から離れない。金平糖(こんぺいとう)やおこしなど雪が好きな物ばかりが目について、その度に咲は切なくなった。

夕餉の膳(ぜん)を持って来たのは伊代だった。

「――雪は怒ってるかい？」

「そりゃあもう」

ふふっと笑って伊代が応えた。

「若い子らに示しがつかないって……でも、女将さんがうまく言い含めてました。今夜はお二人が水入らずで話せるよう、お雪さんの分の布団もこちらに用意いたします」

「どうもすまないね。世話かけちまって」

「こんなのお世話のうちに入りません。――これまでお雪さんが私たちにしてくれたことに比べたら」

きっぱり言われて、咲の方がどうも照れ臭くなった。

雪が現れたのは、客が寝静まった五ツ半を過ぎてからだった。

「もう、お姉ちゃんたら……この年の瀬の忙しい時になんなのよ。あと二十日もすりゃ藪入りだってのに、いい笑い者じゃないの」

ぶつくさ言いながら、雪は有明行燈を頼りに空いている布団にもぐり込んだ。

「……すまなかったね。なんだか雪に会いたくなって、いても立ってもいられなくなっちまったんだよ」

面と向かってだったら、こんなに正直に言えなかったろう。

薄闇の中、雪の影が震えたように見えた。

しんと冷え切った師走の夜なのに、何故か寒さは感じなかった。

「……どうせ、小太郎さんのことでしょう？」

急にかぼそくなった雪の声に、咲の胸は締め付けられた。

「判ってたから。小太郎さん、お伊代ちゃんの方ばかり見てたもの。お茶を出しても、私には素気なくて……」

「雪……」

「私はお伊代ちゃんみたいな器量良しじゃないし、もう十年も旅籠で奉公してるのに愛想も今一つだし、気の利いたことも言えないし……あの人の目に留まるような女じゃないのは、自分が一番よく判ってる」

声を震わせた雪には悪いが、「あの人」とか「女」とか——その大人びた言い方に咲は驚かされた。

いつの間に……

もう十九歳なのだと判っていても、咲の中では雪はいまだどこか幼いままだったのだ。

「やっぱり好いてたんだね、小太郎さんのこと」

「……うん」と、小声で雪が応える。

抱き締めたくなったのをぐっとこらえた。

奉公して三年ほどは、藪入りの度に里心がついたようで、立花へ戻る前夜になると布団の中で声を殺して雪は泣いた。

あの頃咲はまだ、師匠の弥四郎宅にいた。一つ布団で雪が泣き出すと、黙って抱き締め、雪が寝付くまで放さなかった。

やがて雪は泣かなくなったが、咲の長屋には布団が一組しかないから、藪入りの時はいまだに一つ布団だ。弟の太一の分は流石に、貸し物屋から一組借りてくる。

でも雪ももう、子供じゃないんだ。

それどころか来年からは、雪も年増の仲間入りじゃあないか……

「なんてこった」

「え？」

思わずつぶやいた咲に、雪が身体をこちらに向けたのが判る。

「あ、いやその……」

「もう！　まあ、お姉ちゃんみたいな人からしたら、小太郎さんみたいな人は物足りないかもしれないけど……」

「別に小太郎さんのことで驚いたんじゃないよ。小太郎さんは真面目ないい人さ」

うまい言葉が思い浮かばず、月並みな言い方で取り繕うと、薄闇の向こうで雪がようやく、くすりとした。

「そんな取ってつけたようなこと言って――」

「でも本当のことじゃないか」

むきになって咲が言うと、雪は更にくすくす笑った。

仰向けになって布団を首元へ寄せると、雪はゆっくりと話し出した。

「小太郎さん、あれで結構みんなに頼りにされてるのよ。墨付けが得意でね」

「そう聞いてるよ」

「そりゃあ速いのよ。木をじっと端から端まで見てね、墨壺（すみつぼ）をつかむと、ぴっ、ぴっ、て、どんどん墨が入っていくの。墨付けの間は一言も話さないんだけど、怖い顔はしてないの。むしろ穏やかで、伸び伸びしてて」

長い身体をしなやかに曲げ、同じように長い両腕を存分に使って墨を入れる小太郎が目に浮かぶようだ。

「お兄さんがまたすごい人でね」

「えらい男前らしいね」

「うん。背は小太郎さんより低いけど、眉が太くて凛々しくて。兄弟だから息もぴったりなの。時々、他の人や小太郎さんを叱って怖い感じがしたけど、みんなお兄さんには一目置いてるみたいだった」

「自慢の兄貴だって、小太郎さん、言ってたよ」

「そうみたい。でも私は小太郎さんの方がよかったな」

「言うじゃないの」

咲が笑うと、雪も微かに笑ったようだが、すぐに黙ってふぅっと一つ息をついた。

「……私も、あんな風にお姉ちゃんと一緒に働きたかった」

「え？」

「私にも、お姉ちゃんみたいな才があったら——一緒に仕事して、そのうち二人で縫箔のお店を持ったりできたのになぁって。……でも私、縫い物はあんまり得意じゃないんだもの。お姉ちゃんは縫箔、お兄ちゃんは塗物。なのに、私だけなぁんの取柄もないんだから」

「そんなこたないさ。女将さんだって、お伊代ちゃんだって、あんたのことは高く買ってるんだよ。若い子らにも慕われてるみたいじゃないの」

「そんなのお世辞半分よ。姉莫迦もいい加減にしてちょうだいな」

呆れたように雪は言ったが、満更でもなさそうだった。

「ああでも、せめて顔かたちだけでもお姉ちゃんに似てればよかったのに。お姉ちゃんは、おとっつぁん似なんでしょう？　私も、お姉ちゃんと同じように、おとっつぁんに似たかった」

「あんたね……おっかさんは別嬪だったじゃないか」

「嘘。いうほど別嬪じゃなかったわ」

「でも可愛らしい人だった」

母親の晴は父親の元一と同い年だったが、五つも六つも若く見えた。三十五歳で亡くなった時も、とても三十代には見えなかったくらいだ。

「うん……でも時々怖かったよ。お姉ちゃんみたいに」

「なんだって？」

咲が問い返すと、ふふふ、と雪は笑った。

「冗談よ。おっかさんは優しい人だったわ。厳しい時もあったけど、親方さんのところや立花に来てから、おっかさんのありがたみが身に染みたもん」

「私もだよ」

長屋ではよく判らなかったが、弥四郎宅に奉公に出てから、母親の小言がいちいち腑に落ちた。弥四郎やおかみさんが「しっかりしてる」と言ったのは、晴へ向けた褒め言葉でもあったのだ。その代わりといってはなんだが、「可愛げがない」と言われた時は、母親の愛嬌を思い出して反省したものである。

母親が泣いたのを、咲は一度しか見たことがない。

十四歳で母親を亡くすまでにたった一度――父親を亡くした時だけだ。

――乳飲み児を入れて、三人の子を女手一つで育てるのは大変だったろうに……

「おっかさんは、あれで結構もてたんだよ」

咲が言うと、雪がこちらを向いたのが判った。

「そうなの？」

「ああそうさ。三人のこぶ付きでも、後妻にならないかって話がいくつかあってね。でもその気はなかったみたいで、雪が奉公に出るまでは、なんて言って誤魔化してたよ」

「私が奉公に出るまで……」

しかし母親は雪が七歳の時に、風邪をこじらせ他界した。

そうだ。

あの時からだ……

知らせを受けて駆けつけた咲にしがみつき、雪は大泣きに泣いた。それまでは一人で我慢していたのだろう。熱に浮かされながらもまだ意識があった母親を安心させようと、咲は必死に雪をなだめ、己はけして母親の前で泣くまいと決心したのだった。

母親の葬式では流石に涙したものの、雪や太一を慰めるうちに、いつしか人に涙を見せないことが咲の矜持となっていった。

「……じゃあやっぱり、私だけ甲斐性なしなんじゃあないの」

わざと拗ねたように言う雪に、咲は苦笑した。

「莫迦だね。おっかさんがもてたってことは、おっかさん似のあんたも、そのうちもてる日がくるってことじゃあないか」

「そのうちっていつよ?」

「これぱっかりはご縁だからねぇ……小太郎さんには縁がなかったかもしれないけど、江戸にはいろんな男の人がいるもの。だからそのうち、雪にぴったりのご縁があるさ」

「何よお姉ちゃんたら、いつまでも私のこと子供扱いして。世の中、いろんな男の人がいることくらい私にだって判ってるわ。あっちの——男と女のことだって……」

「えっ？」

一瞬驚いたが、旅籠奉公とあれば客の色事を耳にすることもあるだろう。ただ、藪入りの時は太一も一緒だから、姉妹でこういった話をしたことが今までなかっただけだ。女将を始め立花は女が多いから、男女のことを含めて、女将が躾けてくれるのではないかという甘えもあったし、実際そうなのだろうと咲は思った。

「――大体、お姉ちゃんこそどうなのよ？」

「えっ？」

不意を突かれて再びうろたえた咲に、やや気まずそうに雪が切り出す。

「私はね……私はずっと、お姉ちゃんは啓吾さんと一緒になるんだと思ってた……」

嫌みでないのは、微かに震えた声で判った。

母親の死後、雪を弥四郎宅で引き取ってもらったのは雪が七歳、咲が十四歳の時だ。咲が弥四郎の弟子となって一年後のことである。

弟子になれたことや縫箔を学べるようになった喜びと、雪を引き取ったことで、初めの数年は飛ぶように過ぎた。だが男弟子に交ざって修業するうちに、やがて少しずつ、咲は啓吾を意識するようになっていった。

どこかで、慢心していたのかもしれない。

親方に認められ、女でも弟子になれたことを誇らしいと思いながら――私はやっぱり、女として甘えていたのかもしれない……

「……私もずっと、そうなるかもしれないと思っていたよ」

娘盛りを迎えるうちに、いつの間にか、啓吾と二人して親方の跡を継ぐ気になっていたのではないかと、咲は思った。

そんな風に、啓吾さんも私を受け入れてくれると勝手に信じていた……

今となってはとんだ思い込みだったと、若かりし頃の己に苦笑するしかない。

だが啓吾の願いを――妻になるなら、縫箔よりも家や弟子のことを優先して欲しいという条件を――呑まずに決断した己のことは褒めてやりたいと思った。

――家事もお弟子さんのお世話も精一杯やります。でも縫箔はやめたくありません。これまで通り、啓吾さんと一緒に続けていきたいんです――

――そう言われても、どちらかおろそかになるのは目に見えてるよ。そういうことなら、親方には悪いがこの話はなかったことにしてもらおう……――

己は啓吾にとって、そこまでの女だったのだと思った。

そして私にとっても、啓吾さんは縫箔に代わる男の人ではなかった……

「そういう話も、無きにしもあらずだったんだけどね……結句、うまくいかなくて袖にされちまったよ」

冗談めかして言ってみたが、雪は乗ってこなかった。

「……袖にしたのはお姉ちゃんだと聞いたわ」

「誰がそんなこと――」

「啓吾さんよ。親方さんの家での最後の藪入りに、啓吾さんが他の人を嫁に取るって聞いて、私、勇気を出して訊いてみたの。どうしてお姉ちゃんじゃないのかって……そしたら啓吾さんが、『そのつもりだったけど、振られちまって』って」

「莫迦だね、雪。そりゃ妹のあんたに、本当のことは言えないじゃないのさ」

「莫迦って何よ。――私はあの時はただの小娘だったけど、男と女のことが判らないほど子供じゃなかったわ。だから……だから、お姉ちゃんには何も訊けなくて――言えなかったんじゃないの」

破談になって、「はいそうですか」と、きっぱり想いを断ち切れた訳ではない。藪入りで戻る都度、雪は咲の中に啓吾への未練を見ていたのかもしれない。

互いに想い合っていた筈の咲と啓吾が、何ゆえ一緒にならなかったのか。

雪なりにあれこれ考えを巡らせて、咲には黙っていたのだろう。だが今こうして話してくれるということは、もう平気だと見極めてくれたからに違いない。

「そりゃ、気を遣わせちまったね」

「まったくだわ」

険の取れた声で雪が言った。

「でもね、もしも振ったのが啓吾さんなら……あの人、お姉ちゃんが怖かったのよ」

「怖かったってなんだい。聞き捨てならないね」

今でこそ修次のような男にまで「気の強い姐さん」などといわれるが、そういわれるようになったのはここ四、五年のことだ。長姉だから昔から「しっかり者」の咲だが、弥四郎宅では、男弟子に交じって殊勝に仕事をしていたし、好いた男――啓吾――の前では、自分でも驚くほどの恥じらいを覚えたものである。

「怒んないでよ」と、雪は笑った。「怖いって、そういう意味じゃないわ」

「じゃ、どういう意味なのさ」

「啓吾さんは、お姉ちゃんの腕前が怖かったんだと思う」

「私の……？」

「私が奉公に出る時、お姉ちゃん、お財布を作ってくれたでしょう？　白梅の――」

雪の日だが春先に生まれた雪を想って、春一番に咲く花の中から白梅を選んだ。赤褐色の地に白梅の刺繡（ししゅう）を入れ、紐の先にはやはり白梅を象（かたど）った物に匂い袋の中身を入れた。

弟子の分際では使える材料が限られていたから、摺箔はなく刺繡だけで、その刺繡とて今見れば赤面ものの出来栄えだ。

「あれを私、お姉ちゃんがいない時にこっそり、親方さんと啓吾さんに自慢したの」

「なんてことしてくれたんだい。恥ずかしいね」

「だって嬉しかったんだもの。それに親方さんは褒めてくれたわ。お姉ちゃんには才がある。刺繡は粗いけど色合いがいい。意匠も見事だって。啓吾さんも頷いたけど……お財布を隅から隅まで確かめる目がいつもと違って怖かった。だからもしも袖にしたのが啓吾さんなら、きっとあの人、お姉ちゃんの才を妬んだのよ。あの人は親方さんの跡継ぎだから、お姉ちゃんの方がうまくなったら困ると思って――怖くなったのよ」

「そんなことあるもんか。親方の跡継ぎにふさわしい腕前なのは、啓吾さんだけだよ」

「でも私はお姉ちゃんの刺繡の方が好きだもん。それにお姉ちゃんは着物や帯だけじゃなくて、お財布でも巾着でも、なんでも一から作れるじゃない。とても器用だって、親方さんいつも言ってたもん」

子供のような不満げな物言いの雪に、悟られないように咲は顔をほころばせた。

「ありがたいことだね」

独り立ちしてから、縫箔だけをして暮らすことはできなくなった。帯は先日初めて注文を受けたものの、着物はまだ夢のまた夢だ。だが小物だけでも咲は誇りを持って作っているし、特に生地から意匠、仕上げまで、全てを自分で手がけられる物にはやりがいを感じていた。

啓吾への気持ちはとっくに吹っ切れていたが、あの時、縫箔を選んだ自分の道は間違っていなかったのだと、雪に太鼓判を押されたようで嬉しくなった。

「自慢のお姉ちゃんだよ。私ずっと、お姉ちゃんみたいになりたいと思ってた……」

「雪」

「縫い物は下手だから、せめて気っ風のいいところだけでも見習おうと思ったのに、私が真似ると小言ばかりになっちゃって、ほんと嫌になる」

「私もだよ」と、咲は苦笑した。「私も小言ばっかりさ。余計なことは言うまいと思うんだけどね。細かいことが気になって、つい口を出しちまう」

雪が小さく噴き出した。

「じゃあ、今日も本当は、小言を言いにここまで来たの？」

「そうさ。男の一人や二人に袖にされたからって、くよくよすんじゃないよって、わざわざ神田から浅草まで言いに来たんだよ。ちったぁ感謝してもらいたいもんだね」

「ふふ、ふふふ……」

雪につられて、咲も布団の中で笑いをこらえた。

「あんたにはそのうち、江戸で一番――ううん、三国一の男から付文が来るよ」

「お姉ちゃんが言うなら間違いなしね。待ち遠しいわ。……お姉ちゃんにもそのうち、お姉ちゃんにふさわしい人が現れるわよ。私の言葉じゃ心許ないかもしれないけど」

――慰めるつもりが、逆に慰められちまった。

雪の台詞に、咲は内心苦笑した。

「あんたと、こんな話ができるようになったなんてね……」

「年寄り臭いこと言ってないで、お姉ちゃんもちょっとはその気になってよ。後がつかえてるんだから」

「私のことはいいんだよ。それよりあんたはじきに二十歳じゃないか。今度いい人が現れたら、さっさと捕まえて身を固めちまいな」

咲が言うと、雪は「はぁっ」と一つ溜息をついた。

「あのね、お姉ちゃん、それなら先にお兄ちゃんにそう言ってやって。お兄ちゃんにはとっくにいい人がいるんだから」

「太一に？」

雪だけじゃなくて、太一まで――

雪曰く、太一の相手は師匠の景三が贔屓にしている菓子屋の娘で、名は桂。知り合ってもう三年で、互いの想いを確かめてからも既に二年が経っているという。

「菓子屋って――太一は餡子が嫌いじゃないか」

「近頃はそうでもないみたいよ。それにいいのよ、別に婿入りするんじゃないんだから。大体、お兄ちゃんが餡子嫌いなのって、子供の頃、道端に落ちてたおはぎを食べてお腹を壊したからでしょ？　お腹を壊したのはそのおはぎが腐りかけだったからよ」

「そりゃそうなんだけど」

「つまりもともとは、そんな腐りかけでも食べちゃうくらい、お兄ちゃんは餡子が好きだったのよ」

「ま、そうなんだけど……」

独り身の姉に遠慮して、弟妹だけでそんな話をしていたのかと思うと、なんだか寂しい限りである。咲の心情を察したのか、殊更明るく雪は言った。

「だからね、今度の藪入りの時には、お姉ちゃんから話してあげてよ」

「……そうしようかね」

「私の方はしばらくいいわ。小太郎さんのこと、すぐには忘れられそうにないもの」

「うん……」

ふうっと一つ溜息をもらし――だが穏やかな声で雪は言った。

「本当に好きだった……半年前にお財布を拾ってくれた時からずっと――」

半年前に……財布を？

「――なんだって！」

がばっと咲が身を起こすと、暗がりに雪も驚いて身体を浮かせた。

「ちょっとお姉ちゃん、声が高い……」

他の客に悪いと咲は声を落としたが、矢継ぎ早に雪に問うた。

「小太郎さんが拾ったのは、あんたの財布なのかい？」

「そうよ。お姉ちゃんが作ってくれた梅のお財布……」

「お伊代ちゃんもその時、一緒だったのかい？」

「ううん、私一人で遣いに出た時のことよ」

まさか……

そんなことがあるだろうか？

「雪――」

「今度は何よ……？」

「いいから、ちゃんと初めから話してみな」

夜が明けるやいなや、朝餉(あさげ)も食べずに咲は立花を後にした。

浅草御門を渡ると、一路、永富町まで西へ急ぐ。

小太郎の住む長屋を咲は知らなかったが、番屋で訊くとすぐに判った。

「源太郎じゃなくて、小太郎かい？」

「ああそうだよ。小太郎さんに用があるのさ」

「おっかねぇ顔して、まさか討ち入りじゃねぇだろうな？」

「この通り、得物は持っちゃいないから安心しておくんなさいよ」

からかう番人に澄まして応えてから、咲は教えられた長屋へと急いだ。

切れた息を整えてから木戸をくぐると、既に起き出していた住人たちの好奇の目を物ともせず、咲は小太郎の名を呼んだ。

「小太郎さん！」

いくつかの戸口が同時に開いて、その内の一つから小太郎の顔が覗く。

「お咲さん……」

驚いて出て来た小太郎の前まで行くと、咲は平手を振り上げた。

　頬を張りたかったがとても届かず――仕方なくびしゃりと胸を打つ。

「この、とんちき！」

「おい！」

　戸惑う小太郎の横から、がっしりとした男が飛び出して来た。

「朝も早くからやって来て、人の弟をとんちき呼ばわりたぁ穏やかじゃねぇ。事と次第によっちゃあ、女でも容赦しねぇぞ」

　源太郎は噂通りの男前で、怒鳴(どな)りこそしなかったが弟を庇うように一歩前に出る。

　凄(すご)んだ源太郎に慄(おのの)いたのは小太郎の方で、咲はびくともしなかった。

「事の次第を聞きたいのはこっちの方さ」

「なんだと？」

　眉根を寄せた源太郎をよそに、咲は小太郎に向き直った。

「小太郎さん、あんた一体、浅草で何度財布を拾ったんだい？」

「何度って……一度きりです。お伊代さんの財布だけ……」

「その財布ってのは、白梅の刺繍が入ったやつじゃなかったかい？」

「はい。白い梅に、紐止めも揃いの梅の形をしていて……」

　今思えば、小太郎の選んだ匂い袋は、咲が紐止めの梅に入れた匂いに似ていた。小太郎はきっと、頭のどこかであの香りを覚えていたのだろう。

「拾ってもらった女は、礼の他に何か言ったろう？」

「はい……中の金より財布の方が大事だと――なんでもお姉さんに作ってもらった、この世でたった一つの……あっ」

小太郎はようやく、咲が縫箔をしていることを思い出したようだ。

「この、とんとんちき！」

「おい姐さん、俺には一体なんがなんだか――」

「あんたの弟はとんだ意気地なしだよ。惚れた女に名前一つ訊けないんだから」

「そいつは否定しねぇが……」

「だからとんだ勘違いをして、女を泣かす羽目になったのさ」

「小太が、女を泣かせた――？」

「そうさ。あんたの弟が泣かしたのはね、私の大事な妹だよ！ ついでに言うと、姐さんってなんだい。私はあんたより年下だよ。三十路までまだ三年もあるんだから――」

「……そいつぁすまねぇ」

咲に気圧（けお）されて謝ると、源太郎はじろりと小太郎を睨んだ。

「おい小太！ どういうことなのか、おめぇの口から説明しやがれ！」

雪と小太郎の話をつなぎ合わせて、事と次第が明らかになった。

小太郎が浅草で拾った財布は雪の物で、惚れた相手も雪だった。内風呂の修理で立花を訪れた時、小太郎を見かけた雪から再度礼を言われたものの、内気な小太郎はただ頷いたのみ。雪は雪で、仕事の邪魔になっては悪いと名乗ることなく引き下がった。

名前を訊かなかったことを一晩悔やんで、小太郎は翌日、立花の若い女中にそれとなく雪を指差しながら名前を訊ねたのだが、運悪くその時、雪は伊代と立ち話をしていた。

「小太郎さんは恥ずかしくて、雪をちゃんと見てられなかったみたいでね。女中は小太郎さんがお伊代ちゃんを指差してると思い込んで、お伊代ちゃんの名を教えたのさ」

――元旦は長屋の皆に付き合って恵方参りに出かけたが、年明けて二日目の今日、咲は例の稲荷神社へ参るべく柳原へ出て来た。同じように思い立って神社参りに出て来たという修次と、和泉橋の手前で鉢合わせたところである。

「ははぁ、つまりそれからも小太郎はお雪ちゃんをまともに見られずに、お伊代ばかり見ていたから、お雪ちゃんが誤解したんだな？」

「そうなんだよ。呆れた話だろ？」

「小太郎らしいじゃねぇか」

庇いながらも、修次は遠慮なく笑った。

「それで、誤解が解けた後はどうなったんだい？」

「小太郎さんは、また文を書いてるよ」

雪から話を聞いた後、咲は適当に誤魔化して、小太郎の言い分を雪には伝えなかった。

雪こそが小太郎の想い人だと、小太郎に問い質す前に咲は確信していたが、その想いを伝えるのは小太郎自身であるべきだった。

——惚れた男が三国一さね。

小太郎が自分宛ての文を書くべく四苦八苦しているのを、雪はまだ知らない。

傷心したままの雪には悪いが、咲とて早く文を届けてやりたいと、このところ毎日うずうずしながら、小太郎がやって来るのを待っているのだ。

「つまんねぇな。俺んとこにゃ、なんにも言ってきやしねぇ」

「今度は中身も自分で考えてみるってさ。下書きができたら、あんたに見せに行くと言ってたよ。匂い袋はまだ手元にあるし、藪入り前に届けられるようにって急かしてんだけどね。なかなかうまいのが書けないらしくて」

「無事に書き終える頃にゃ、あいつは紙屋の上得意だ。それにしても、これでうまくいきゃあ、あんたと小太郎は義兄弟か」

「その前に弟の嫁取りだよ。なんだか、二人とも私に遠慮してたみたいでね」

雪との話をかいつまんで話すと、修次はしたり顔で頷いた。

「弟とは四つ違いか……ま、本来ならあんたが先に嫁いでてあたり前だからな」

「判ってるけどいいんだよ。こっちはまったく当てがないし、太一は長男、雪だってもう二十歳だ。私に気兼ねなく身を固めて欲しいのさ」

そうこう話すうちに和泉橋を通り過ぎ、稲荷への小道が見えたと思ったら、柳の合間からしろとましろが飛び出して来た。

「咲だ」

「修次も」

二人は変わらぬ揃いの恰好で、ましろは今日も修次の手ぬぐいを首に結んでいる。

「お前たち、出かけんのか？　今日はどこへ遊びに行くんだ？」

問うた修次に双子は澄まして応えた。

「教えない」

「秘密」

そのまま行こうとするのを咲が呼び止める。

「しろ、ちょっとお待ちよ」

しろだけ呼んだのが気になったのか、双子は振り返り、しろがおずおずと前に出た。

「なんだよぅ」

「これをあげる」

懐から手ぬぐいを出して咲はしろの前にかがんだ。色も柄も、ましろと揃いの手ぬぐいだ。先日、小太郎を訪ねて永富町に行った帰りに、偶然見つけた物である。

「まだしばらく寒いからね。こうしておくとあったかいだろ？」

ましろがしているように首元に結んでやると、しろははにかみ、ましろを振り向いた。

「おんなじだ」

「お揃いだ」

嬉しげにひそひそ二言三言交わすと、双子は咲を見上げて同時に言った。

「ありがとう、咲」

「どういたしまして」

咲が微笑むのを確かめてから、しろとましろは和泉橋の方へ駆けて行く。

今日は一体、どこへ行くのやら――

「あーあ、これでまた見分けがつかなくなっちまったじゃねぇか」

ぼやく修次に、咲は肩をすくめてみせる。

「いいじゃないの。その方が面白くて」

「あいつらがいねぇなら、お参りしても意味がねぇや」

「またそんな――」

修次には呆れたふりをしてみせたが、咲も今は双子が神狐の化身だと信じている。

「もしもそうでも、あの子らは遣いなんだから、お参りするのはもとから稲荷大明神さまじゃあないか」

「そりゃそうなんだが……」

ぶつくさ言いながらも、小道を行く咲の後ろを修次はついて来る。

年初めだからと、いつもの一文銭に四文銭を添え、五文を賽銭箱に落とした。

――みんなでまた一年、達者で暮らせますように。

太一と雪が、想い人と結ばれますように……

隣りで、修次も何やら神妙に祈っているようである。

お参りを済ませ、神狐たちをそれぞれ一撫でしてから、咲たちは小道を戻った。

西からの風が、空を覆っていた雲を少しずつ押し流していく。

切れ切れの雲の合間から、柔らかく暖かい陽（ひ）の光が降りてくる。

風はまだ冷たいが、暦の上ではもう春だ。

眩しさに目を細めた咲へ修次が言った。

「……お咲さんよ」

「なんだい？」

「――なんなら、俺がもらってやろうか？」

妙案だろうと言いたげに、修次は咲を見つめた。

なんのことかと、一瞬きょとんとした咲だったが、「もらってやる」というのが「嫁として」だと思い当たって小さく噴き出した。

「寝言は寝てお言いよ、まったく」

「いくら俺でも、真昼間から寝言を言うほどべらぼうじゃねぇや」

「よく言うよ。大体あんたみたいな男の情けを喜ぶほど、私はおめでたかないんだよ」

つんと顔をそむけたが、咲は怒ってはいなかった。

それどころか、首をかしげた修次がなんとも可笑しく、笑いをこらえるのに苦心した。

「やっぱり、あいつらがいねぇとご利益がねぇんじゃ……？」

「まだそんなこと言ってんのかい。――せっかく晴れてきたんだ。柳川で蕎麦でも食べてかないかい？」

咲が誘うと、修次はしばし覗き込むように咲を見つめてから、ふっと笑った。

「いいな。お咲さんは今日も信太にすんのかい？」

「うん。だってあそこのお揚げは、何度食べても美味しいんだもの」

咲の台詞に、修次が冗談めかして問う。

「まさかお咲さん……あんたがお狐さまってこたぁねぇよな？」

「――だったらどうなのさ？」

にやりとしてみせると、修次が破顔した。

「あはははは――だったらますます面白ぇ。俺はあんたがお狐さまでも、一向に構わねぇよ。そうだ、今日は俺も信太を食うか……」

「好きにおし」

さっさと歩き出した咲の後ろを、修次がつかず離れずでついてくる。

そのゆったりとした足音を背に聞きながら、咲は知らずに微笑んでいた。

本書は、二〇一五年七月に刊行された
『しろとましろ　神田職人町縁はじめ』（招き猫文庫）
を底本とし、改題しました。

ち 2-7

# 飛燕の簪 神田職人えにし譚


著者 知野みさき

2020年7月18日第一刷発行
2022年6月8日第六刷発行

発行者 角川春樹

発行所 株式会社 角川春樹事務所
〒102-0074 東京都千代田区九段南2-1-30 イタリア文化会館

電話 03(3263)5247[編集] 03(3263)5881[営業]

印刷・製本 中央精版印刷株式会社

フォーマット・デザイン&シンボルマーク 芦澤泰偉





ISBN978-4-7584-4352-4 C0193



http://www.kadokawaharuki.co.jp/[営業]

fanmail@kadokawaharuki.co.jp[編集] ご意見・ご感想をお寄せください。

知野みさきの本

## 妖国の剣士

幼い頃に妖魔に弟を拐われた黒川夏野は、女だてらに妖かしと戦う剣の腕を磨いていた。安良(やすら)国の都・晃瑠への旅の途中、社に封印されていた妖かしの片目を取り込んでしまう……。全選考委員絶賛で第四回角川春樹小説賞を受賞した傑作和風ファンタジー。

---

## 妖かしの子

妖国の剣士②

「理術」の才能を見出された少女剣士・黒川夏野は、術師・樋口伊織に弟子入りを決める。その道中で子どもを捜す不思議な女と出会う。妖かしの目を持つ夏野は、彼女が女妖であるのを見抜くが……。人と妖魔がせめぎ合う世界を描く、シリーズ第二巻。

ハルキ文庫

知野みさきの本

## 老術師の罠
妖国の剣士③

安良国最強の剣士・鷺沢恭一郎の隠し子として暮らしていた、妖かしの子・蒼太が暗殺されかける。大老の跡継ぎを巡る政争に巻き込まれたことを知った恭一郎は、国皇・安良に会うことを決意。一方夏野は、郷里から都に戻る旅路で老術師に襲われ……。

---

## 西都の陰謀
妖国の剣士④

妖魔の左目を宿した剣士・夏野は、国皇・安良に会い、興味を抱かれる。そんな中、鷺沢恭一郎の父である大老の失脚を狙う西原家が動き出す。人の陰謀が渦巻く中、妖かしの王・黒耀もまた蒼太に近づく……。シリーズ、第一部完結巻。

ハルキ文庫